Guy de Maupassant

LE HORLA
ET AUTRES NOUVELLES
FANTASTIQUES

FOLIO JUNIOR/**GALLIMARD** JEUNESSE

LE HORLA

8 mai. – Quelle journée admirable ! J'ai passé
toute la matinée étendu sur l'herbe, devant ma
maison, sous l'énorme platane qui la couvre,
l'abrite et l'ombrage tout entière. J'aime ce pays,
et j'aime y vivre parce que j'y ai mes racines, ces
profondes et délicates racines, qui attachent un
homme à la terre où sont nés et morts ses aïeux,
qui l'attachent à ce qu'on pense et à ce qu'on
mange, aux usages comme aux nourritures, aux
locutions locales, aux intonations des paysans,
aux odeurs du sol, des villages et de l'air lui-
même.

J'aime ma maison où j'ai grandi. De mes
fenêtres, je vois la Seine qui coule, le long de mon
jardin, derrière la route, presque chez moi, la
grande et large Seine, qui va de Rouen au Havre,
couverte de bateaux qui passent.

A gauche, là-bas, Rouen, la vaste ville aux toits

bleus, sous le peuple pointu des clochers gothiques. Ils sont innombrables, frêles ou larges, dominés par la flèche de fonte de la cathédrale, et pleins de cloches qui sonnent dans l'air bleu des belles matinées, jetant jusqu'à moi leur doux et lointain bourdonnement de fer, leur chant d'airain que la brise m'apporte, tantôt plus fort et tantôt plus affaibli, suivant qu'elle s'éveille ou s'assoupit.

Comme il faisait bon ce matin !

Vers onze heures, un long convoi de navires, traînés par un remorqueur, gros comme une mouche, et qui râlait de peine en vomissant une fumée épaisse, défila devant ma grille.

Après deux goélettes anglaises, dont le pavillon rouge ondoyait sur le ciel, venait un superbe trois-mâts brésilien, tout blanc, admirablement propre et luisant. Je le saluai, je ne sais pourquoi, tant ce navire me fit plaisir à voir.

12 mai. – J'ai un peu de fièvre depuis quelques jours ; je me sens souffrant, ou plutôt je me sens triste.

D'où viennent ces influences mystérieuses qui changent en découragement notre bonheur et notre confiance en détresse ? On dirait que l'air, l'air invisible est plein d'inconnaissables Puissances, dont nous subissons les voisinages mystérieux. Je m'éveille plein de gaieté, avec des envies de chanter dans la gorge. – Pourquoi ? – Je descends le long de l'eau ; et soudain, après une courte promenade, je rentre désolé, comme si quelque malheur m'attendait chez moi. – Pourquoi ? – Est-ce un frisson de froid qui, frôlant ma peau, a ébranlé mes nerfs et assombri mon âme ? Est-ce la forme des nuages, ou la couleur du jour, la couleur des choses, si variable, qui, passant par mes yeux, a troublé ma pensée ? Sait-on ? Tout ce qui nous entoure, tout ce que nous voyons sans le regarder, tout ce que nous frôlons sans le connaître, tout ce que nous touchons sans le palper, tout ce que nous rencontrons sans le distinguer, a sur nous, sur nos organes et, par eux, sur nos idées, sur notre cœur lui-même, des effets rapides, surprenants et inexplicables ?

Comme il est profond, ce mystère de l'Invisible ! Nous ne le pouvons sonder avec nos sens misérables, avec nos yeux qui ne savent apercevoir ni le trop petit, ni le trop grand, ni le trop près, ni le trop loin, ni les habitants d'une étoile, ni les habitants d'une goutte d'eau… avec nos oreilles qui nous trompent, car elles nous transmettent les vibrations de l'air en notes sonores. Elles sont des fées qui font ce miracle de changer en bruit ce mouvement et par cette métamorphose donnent naissance à la musique, qui rend chantante l'agitation muette de la nature… avec notre odorat, plus faible que celui du chien… avec notre goût, qui peut à peine discerner l'âge d'un vin !

Ah ! si nous avions d'autres organes qui accompliraient en notre faveur d'autres miracles, que de choses nous pourrions découvrir encore autour de nous !

16 mai. – Je suis malade, décidément ! Je me portais si bien le mois dernier ! J'ai la fièvre, une fièvre atroce, ou plutôt un énervement fiévreux, qui rend mon âme aussi souffrante que mon corps ! J'ai sans cesse cette sensation affreuse d'un danger menaçant, cette appréhension d'un malheur qui vient ou de la mort qui approche, ce pressentiment qui est sans doute l'atteinte d'un mal encore inconnu, germant dans le sang et dans la chair.

18 mai. – Je viens d'aller consulter mon médecin, car je ne pouvais plus dormir. Il m'a trouvé le pouls rapide, l'œil dilaté, les nerfs vibrants, mais sans aucun symptôme alarmant. Je dois me soumettre aux douches et boire du bromure de potassium.

25 mai. – Aucun changement ! Mon état, vraiment, est bizarre. A mesure qu'approche le soir, une inquiétude incompréhensible m'envahit, comme si la nuit cachait pour moi une menace terrible. Je dîne vite, puis j'essaie de lire ; mais je ne comprends pas les mots ; je distingue à peine les lettres. Je marche alors dans mon salon de long en large, sous l'oppression d'une crainte confuse et irrésistible, la crainte du sommeil et la crainte du lit.

Vers dix heures, je monte dans ma chambre. A peine entré, je donne deux tours de clef, et je pousse les verrous ; j'ai peur... de quoi ?... Je ne redoutais rien jusqu'ici... j'ouvre mes armoires, je regarde sous mon lit ; j'écoute... j'écoute... quoi ?... Est-ce étrange qu'un simple malaise, un trouble de la circulation peut-être, l'irritation d'un filet nerveux, un peu de congestion, une toute petite perturbation dans le fonctionnement si imparfait et si délicat de notre machine vivante, puisse faire un mélancolique du plus joyeux des hommes, et un poltron du plus brave ? Puis, je me couche, et j'attends le sommeil comme on attendrait le bourreau. Je l'attends avec l'épouvante de sa venue, et mon cœur bat, et mes jambes frémissent ; et tout mon corps tressaille dans la chaleur des draps, jusqu'au moment où je tombe tout à coup dans le repos, comme on tomberait pour s'y noyer, dans un gouffre d'eau stagnante. Je ne le sens pas venir, comme autrefois, ce sommeil perfide, caché près de moi, qui me guette, qui va me saisir par la tête, me fermer les yeux, m'anéantir.

Je dors – longtemps – deux ou trois heures – puis un rêve – non – un cauchemar m'étreint. Je sens bien que je suis couché et que je dors… je le sens et je le sais… et je sens aussi que quelqu'un s'approche de moi, me regarde, me palpe, monte sur mon lit, s'agenouille sur ma poitrine, me prend le cou entre ses mains et serre… serre… de toute sa force pour m'étrangler.

Moi, je me débats, lié par cette impuissance atroce, qui nous paralyse dans les songes ; je veux crier, – je ne peux pas ; – je veux remuer, – je ne peux pas ; – j'essaie, avec des efforts affreux, en haletant, de me tourner, de rejeter cet être qui m'écrase et qui m'étouffe, – je ne peux pas !

Et soudain, je m'éveille, affolé, couvert de sueur. J'allume une bougie. Je suis seul.

Après cette crise, qui se renouvelle toutes les nuits, je dors enfin, avec calme, jusqu'à l'aurore.

2 juin. – Mon état s'est encore aggravé. Qu'ai-je donc ? Le bromure n'y fait rien ; les douches n'y font rien. Tantôt, pour fatiguer mon corps, si las pourtant, j'allai faire un tour dans la forêt de Roumare. Je crus d'abord que l'air frais, léger et doux, plein d'odeur d'herbes et de feuilles, me versait aux veines un sang nouveau, au cœur une énergie nouvelle. Je pris une grande avenue de chasse, puis je tournai vers La Bouille, par une allée étroite, entre deux armées d'arbres démesurément hauts qui mettaient un toit vert, épais, presque noir, entre le ciel et moi.

Un frisson me saisit soudain, non pas un frisson de froid, mais un étrange frisson d'angoisse.

Je hâtai le pas, inquiet d'être seul dans ce bois, apeuré sans raison, stupidement, par la profonde solitude. Tout à coup, il me sembla que j'étais suivi, qu'on marchait sur mes talons, tout près, à me toucher.

Je me retournai brusquement. J'étais seul. Je ne vis derrière moi que la droite et large allée, vide, haute, redoutablement vide ; et de l'autre côté elle s'étendait aussi à perte de vue, toute pareille, effrayante.

Je fermai les yeux. Pourquoi ? Et je me mis à tourner sur un talon, très vite, comme une toupie. Je faillis tomber ; je rouvris les yeux ; les arbres dansaient, la terre flottait ; je dus m'asseoir. Puis, ah ! je ne savais plus par où j'étais venu ! Bizarre idée ! Bizarre ! Bizarre idée ! Je ne savais plus du tout. Je partis par le côté qui se trouvait à ma droite, et je revins dans l'avenue qui m'avait amené au milieu de la forêt.

3 juin. – La nuit a été horrible. Je vais m'absenter pendant quelques semaines. Un petit voyage, sans doute, me remettra.

2 juillet. – Je rentre. Je suis guéri. J'ai fait

d'ailleurs une excursion charmante. J'ai visité le Mont-Saint-Michel que je ne connaissais pas.

Quelle vision, quand on arrive, comme moi, à Avranches, vers la fin du jour ! La ville est sur une colline ; et on me conduisit dans le jardin public, au bout de la cité. Je poussai un cri d'étonnement. Une baie démesurée s'étendait devant moi, à perte de vue, entre deux côtes écartées se perdant au loin dans les brumes ; et au milieu de cette immense baie jaune, sous un ciel d'or et de clarté, s'élevait sombre et pointu un mont étrange, au milieu des sables. Le soleil venait de disparaître, et sur l'horizon encore flamboyant se dessinait le profil de ce fantastique rocher qui porte sur son sommet un fantastique monument.

Dès l'aurore, j'allai vers lui. La mer était basse, comme la veille au soir, et je regardais se dresser devant moi, à mesure que j'approchais d'elle, la surprenante abbaye. Après plusieurs heures de marche, j'atteignis l'énorme bloc de pierres qui porte la petite cité dominée par la grande église. Ayant gravi la rue étroite et rapide, j'entrai dans la plus admirable demeure gothique construite pour Dieu sur la terre, vaste comme une ville, pleine de salles basses écrasées sous des voûtes et de hautes galeries que soutiennent de frêles colonnes. J'entrai dans ce gigantesque bijou de granit, aussi léger qu'une dentelle, couvert de tours, de sveltes clochetons, où montent des escaliers tordus, et qui lancent dans le ciel bleu des jours, dans le ciel noir des nuits, leurs têtes bizarres hérissées de chimères, de diables, de bêtes fantastiques, de fleurs monstrueuses, et reliés l'un à l'autre par de fines arches ouvragées.

Quand je fus sur le sommet, je dis au moine qui m'accompagnait :

– Mon Père, comme vous devez être bien ici !

Il répondit :

– Il y a beaucoup de vent, monsieur ; et nous nous mîmes à causer en regardant monter la mer, qui courait sur le sable et le couvrait d'une cuirasse d'acier.

Et le moine me conta des histoires, toutes les vieilles histoires de ce lieu, des légendes, toujours des légendes.

Une d'elles me frappa beaucoup. Les gens du pays, ceux du mont, prétendent qu'on entend parler la nuit dans les sables, puis qu'on entend bêler deux chèvres, l'une avec une voix forte, l'autre avec une voix faible. Les incrédules affirment que ce sont les cris des oiseaux de mer, qui ressemblent tantôt à des bêlements, et tantôt à des plaintes humaines ; mais les pêcheurs attardés jurent avoir rencontré, rôdant sur les dunes, entre deux marées, autour de la petite ville jetée ainsi loin du monde, un vieux berger, dont on ne voit jamais la tête couverte de son manteau, et qui conduit, en marchant devant eux, un bouc à figure d'homme et une chèvre à figure de femme, tous deux avec de longs cheveux blancs et parlant sans cesse, se querellant dans une langue inconnue, puis cessant soudain de crier pour bêler de toute leur force.

Je dis au moine :

– Y croyez-vous ?

Il murmura :

– Je ne sais pas.

Je repris :

– S'il existait sur la terre d'autres êtres que nous, comment ne les connaîtrions-nous point depuis longtemps ; comment ne les auriez-vous pas vus, vous ? comment ne les aurais-je pas vus, moi ?

Il répondit :

– Est-ce que nous voyons la cent millième partie de ce qui existe ? Tenez, voici le vent, qui est la plus grande force de la nature, qui renverse les hommes, abat les édifices, déracine les arbres, soulève la mer en montagnes d'eau, détruit les falaises, et jette aux brisants les grands navires, le vent qui tue, qui siffle, qui gémit, qui mugit, – l'avez-vous vu, et pouvez-vous le voir ? Il existe, pourtant.

Je me tus devant ce simple raisonnement. Cet homme était un sage ou peut-être un sot. Je ne l'aurais pu affirmer au juste mais je me tus. Ce qu'il disait là, je l'avais pensé souvent.

3 juillet. – J'ai mal dormi ; certes, il y a ici une influence fiévreuse, car mon cocher souffre du même mal que moi. En rentrant hier, j'avais remarqué sa pâleur singulière. Je lui demandai :

– Qu'est-ce que vous avez, Jean ?

– J'ai que je ne peux plus me reposer, monsieur, ce sont mes nuits qui mangent mes jours. Depuis le départ de monsieur, cela me tient comme un sort.

Les autres domestiques vont bien cependant, mais j'ai grand-peur d'être repris, moi.

4 juillet. – Décidément, je suis repris. Mes cauchemars anciens reviennent. Cette nuit, j'ai senti quelqu'un accroupi sur moi, et qui, sa bouche sur la mienne, buvait ma vie entre mes lèvres. Oui, il la puisait dans ma gorge, comme aurait fait une sangsue. Puis il s'est levé, repu, et moi je me suis réveillé, tellement meurtri, brisé, anéanti, que je ne pouvais plus remuer. Si cela continue encore quelques jours, je repartirai certainement.

5 juillet. – Ai-je perdu la raison ? Ce qui s'est passé, ce que j'ai vu la nuit dernière est tellement étrange, que ma tête s'égare quand j'y songe !

Comme je le fais maintenant chaque soir, j'avais

fermé ma porte à clef; puis, ayant soif, je bus un demi-verre d'eau, et je remarquai par hasard que ma carafe était pleine jusqu'au bouchon de cristal.

Je me couchai ensuite et je tombai dans un de mes sommeils épouvantables, dont je fus tiré au bout de deux heures environ par une secousse plus affreuse encore.

Figurez-vous un homme qui dort, qu'on assassine, et qui se réveille, avec un couteau dans le poumon, et qui râle couvert de sang, et qui ne peut plus respirer, et qui va mourir, et qui ne comprend pas – voilà.

Ayant enfin reconquis ma raison, j'eus soif de nouveau; j'allumai une bougie et j'allai vers la table où était posée ma carafe. Je la soulevai en la penchant sur mon verre; rien ne coula. – Elle était vide! Elle était vide complètement! D'abord, je n'y compris rien; puis, tout à coup, je ressentis une émotion si terrible, que je dus m'asseoir, ou plutôt, que je tombai sur une chaise! puis, je me redressai d'un saut pour regarder autour de moi! puis je me rassis, éperdu d'étonnement et de peur, devant le cristal transparent! Je le contemplais avec des yeux fixes, cherchant à deviner. Mes mains tremblaient! On avait donc bu cette eau? Qui? Moi? moi, sans doute? Ce ne pouvait être que moi? Alors, j'étais somnambule,

je vivais, sans le savoir, de cette double vie mystérieuse qui fait douter s'il y a deux êtres en nous,
ou si un être étranger, inconnaissable et invisible,
anime, par moments, quand notre âme est
engourdie, notre corps captif qui obéit à cet autre,
comme à nous-mêmes, plus qu'à nous-mêmes.

Ah! qui comprendra mon angoisse abomi-
nable? Qui comprendra l'émotion d'un homme,
sain d'esprit, bien éveillé, plein de raison et qui
regarde épouvanté, à travers le verre d'une
carafe, un peu d'eau disparue pendant qu'il a
dormi! Et je restai là jusqu'au jour, sans oser
regagner mon lit.

6 juillet. – Je deviens fou. On a encore bu toute
ma carafe cette nuit; – ou plutôt, je l'ai bue!

Mais, est-ce moi? Est-ce moi? Qui serait-ce?
Qui? Oh! mon Dieu! Je deviens fou? Qui me
sauvera?

10 juillet. – Je viens de faire des épreuves
surprenantes.

Décidément, je suis fou! Et pourtant!

Le 6 juillet, avant de me coucher, j'ai placé sur
ma table du vin, du lait, de l'eau, du pain et des
fraises.

On a bu – j'ai bu – toute l'eau, et un peu de lait.
On n'a touché ni au vin, ni au pain, ni aux fraises.

Le 7 juillet, j'ai renouvelé la même épreuve,
qui a donné le même résultat.

Le 8 juillet, j'ai supprimé l'eau et le lait. On n'a touché à rien.

Le 9 juillet enfin, j'ai remis sur ma table l'eau et le lait seulement, en ayant soin d'envelopper les carafes en des linges de mousseline blanche et de ficeler les bouchons. Puis, j'ai frotté mes lèvres, ma barbe, mes mains avec de la mine de plomb, et je me suis couché.

L'invincible sommeil m'a saisi, suivi bientôt de l'atroce réveil. Je n'avais point remué ; mes draps eux-mêmes ne portaient pas de taches. Je m'élançai vers ma table. Les linges enfermant les bouteilles étaient demeurés immaculés. Je déliai les cordons en palpitant de crainte. On avait bu toute l'eau ! on avait bu tout le lait ! Ah ! mon Dieu !...

Je vais partir tout à l'heure pour Paris.

12 juillet. – Paris. J'avais donc perdu la tête les jours derniers ! J'ai dû être le jouet de mon imagination énervée, à moins que je ne sois vraiment somnambule, ou que j'aie subi une de ces influences constatées, mais inexplicables jusqu'ici, qu'on appelle suggestions. En tout cas, mon affolement touchait à la démence, et vingt-quatre heures de Paris ont suffi pour me remettre d'aplomb.

Hier, après des courses et des visites, qui m'ont fait passer dans l'âme de l'air nouveau et vivifiant, j'ai fini ma soirée au Théâtre-Français. On y jouait une pièce d'Alexandre Dumas fils ; et cet esprit alerte et puissant a achevé de me guérir. Certes, la solitude est dangereuse pour les intelligences qui travaillent. Il nous faut autour de nous, des hommes qui pensent et qui parlent. Quand nous sommes seuls longtemps, nous peuplons le vide de fantômes.

Je suis rentré à l'hôtel très gai, par les boulevards. Au coudoiement de la foule, je songeais, non sans ironie, à mes terreurs, à mes suppositions de l'autre semaine, car j'ai cru, oui, j'ai cru qu'un être invisible habitait sous mon toit. Comme notre tête est faible et s'effare, et s'égare vite, dès qu'un petit fait incompréhensible nous frappe !

Au lieu de conclure par ces simples mots : « Je ne comprends pas parce que la cause m'échappe », nous imaginons aussitôt des mystères effrayants et des puissances surnaturelles.

14 juillet. – Fête de la République. Je me suis promené par les rues. Les pétards et les drapeaux m'amusaient comme un enfant. C'est pourtant fort bête d'être joyeux, à date fixe, par décret du gouvernement. Le peuple est un troupeau imbécile, tantôt stupidement patient et tantôt férocement révolté. On lui dit : « Amuse-toi. » Il s'amuse. On lui dit : « Va te battre avec le voisin. » Il va se battre. On lui dit : « Vote pour l'Empereur. » Il vote pour l'Empereur. Puis, on

lui dit : « Vote pour la République. » Et il vote
pour la République.

Ceux qui le dirigent sont aussi sots ; mais au
lieu d'obéir à des hommes, ils obéissent à des
principes, lesquels ne peuvent être que niais, sté-
riles et faux, par cela même qu'ils sont des principes, c'est-à-dire des idées réputées certaines et
immuables, en ce monde où l'on n'est sûr de rien,
puisque la lumière est une illusion, puisque le
bruit est une illusion.

16 juillet. – J'ai vu hier des choses qui m'ont
beaucoup troublé.

Je dînais chez ma cousine, Mme Sablé, dont le
mari commande le 76e chasseurs à Limoges. Je
me trouvais chez elle avec deux jeunes femmes,
dont l'une a épousé un médecin, le docteur
Parent, qui s'occupe beaucoup des maladies ner-
veuses et des manifestations extraordinaires aux-
quelles donnent lieu en ce moment les expériences sur l'hypnotisme et la suggestion.

Il nous raconta longtemps les résultats prodi-
gieux obtenus par des savants anglais et par les
médecins de l'école de Nancy.

Les faits qu'il avança me parurent tellement
bizarres, que je me déclarai tout à fait incrédule.

– Nous sommes, affirmait-il, sur le point de
découvrir un des plus importants secrets de la
nature, je veux dire, un de ses plus importants

secrets sur cette terre ; car elle en a certes d'autrement important, là-bas, dans les étoiles. Depuis que l'homme pense, depuis qu'il sait dire et écrire sa pensée, il se sent frôlé par un mystère impénétrable pour ses sens grossiers et imparfaits, et il tâche de suppléer, par l'effort de son intelligence, à l'impuissance de ses organes. Quand cette intelligence demeurait encore à l'état rudimentaire, cette hantise des phénomènes invisibles a pris des formes banalement effrayantes. De là sont nées les croyances populaires au surnaturel, les légendes des esprits rôdeurs, des fées, des gnomes, des revenants, je dirai même la légende de Dieu, car nos conceptions de l'ouvrier-créateur, de quelque religion qu'elles nous viennent, sont bien les inventions les plus médiocres, les plus stupides, les plus inacceptables sorties du cerveau apeuré des créatures. Rien de plus vrai que cette parole de Voltaire : « Dieu a fait l'homme à son image, mais l'homme le lui a bien rendu. » Mais, depuis un peu plus d'un siècle, on semble pressentir quelque chose de nouveau. Mesmer et quelques autres nous ont mis sur une voie inattendue, et nous sommes arrivés vraiment, depuis quatre ou cinq ans surtout, à des résultats surprenants.

Ma cousine, très incrédule aussi, souriait. Le docteur Parent lui dit :

– Voulez-vous que j'essaie de vous endormir, madame ?

– Oui, je veux bien.

Elle s'assit dans un fauteuil et il commença à la regarder fixement en la fascinant. Moi, je me sentis soudain un peu troublé, le cœur battant, la gorge serrée. Je voyais les yeux de Mme Sablé s'alourdir, sa bouche se crisper, sa poitrine haleter.

Au bout de dix minutes, elle dormait.

– Mettez-vous derrière elle, dit le médecin.

Et je m'assis derrière elle. Il lui plaça entre les mains une carte de visite en lui disant :

– Ceci est un miroir ; que voyez-vous dedans ?

Elle répondit :

– Je vois mon cousin.

– Que fait-il ?

– Il se tord la moustache.

– Et maintenant ?

– Il tire de sa poche une photographie.

– Quelle est cette photographie ?

– La sienne.

C'était vrai ! Et cette photographie venait de m'être livrée, le soir même, à l'hôtel.

– Comment est-il sur ce portrait ?

– Il se tient debout avec son chapeau à la main.

Donc elle voyait dans cette carte, dans ce carton blanc, comme elle eût vu dans une glace.

Les jeunes femmes, épouvantées, disaient :

– Assez ! Assez ! Assez !

Mais le docteur ordonna :

– Vous vous lèverez demain à huit heures ; puis vous irez trouver à son hôtel votre cousin, et vous le supplierez de vous prêter cinq mille francs que votre mari vous demande et qu'il vous réclamera à son prochain voyage.

Puis il la réveilla.

En rentrant à l'hôtel, je songeais à cette curieuse séance et des doutes m'assaillirent, non point sur l'absolue, sur l'insoupçonnable bonne foi de ma cousine, que je connaissais comme une sœur, depuis l'enfance, mais sur une supercherie possible du docteur. Ne dissimulait-il pas dans sa main une glace qu'il montrait à la jeune femme endormie, en même temps que sa carte de visite ? Les prestidigitateurs de profession font des choses autrement singulières.

Je rentrai donc et je me couchai.

Or, ce matin, vers huit heures et demie, je fus réveillé par mon valet de chambre, qui me dit :

– C'est Mme Sablé qui demande à parler à monsieur tout de suite.

Je m'habillai à la hâte et je la reçus.

Elle s'assit fort troublée, les yeux baissés, et, sans lever son voile, elle me dit :

– Mon cher cousin, j'ai un gros service à vous demander.

– Lequel, ma cousine ?

– Cela me gêne beaucoup de vous le dire, et pourtant, il le faut. J'ai besoin, absolument besoin, de cinq mille francs.

– Allons donc, vous ?

– Oui, moi, ou plutôt mon mari, qui me charge de les trouver.

J'étais tellement stupéfait, que je balbutiais mes réponses. Je me demandais si vraiment elle ne s'était pas moquée de moi avec le docteur Parent, si ce n'était pas là une simple farce préparée d'avance et fort bien jouée.

Mais, en la regardant avec attention, tous mes doutes se dissipèrent. Elle tremblait d'angoisse, tant cette démarche lui était douloureuse, et je compris qu'elle avait la gorge pleine de sanglots.

Je la savais fort riche et je repris :

– Comment ! votre mari n'a pas cinq mille francs à sa disposition ! Voyons, réfléchissez. Êtes-vous sûre qu'il vous a chargée de me les demander ?

Elle hésita quelques secondes comme si elle eût fait un grand effort pour chercher dans son souvenir, puis elle répondit :

– Oui…, oui… j'en suis sûre.

– Il vous a écrit ?

Elle hésita encore, réfléchissant. Je devinai le travail torturant de sa pensée. Elle ne savait pas. Elle savait seulement qu'elle devait m'emprunter cinq mille francs pour son mari. Donc elle osa mentir.

– Oui, il m'a écrit.

– Quand donc ? Vous ne m'avez parlé de rien, hier.

– J'ai reçu sa lettre ce matin.

– Pouvez-vous me la montrer ?

– Non... non... non... elle contenait des choses intimes... trop personnelles... je l'ai... je l'ai brûlée.

– Alors, c'est que votre mari fait des dettes.

Elle hésita encore, puis murmura :

– Je ne sais pas.

Je déclarai brusquement :

– C'est que je ne puis disposer de cinq mille francs en ce moment, ma chère cousine.

Elle poussa une sorte de cri de souffrance.

– Oh ! oh ! je vous en prie, je vous en prie, trouvez-les...

Elle s'exaltait, joignait les mains comme si elle m'eût prié ! J'entendais sa voix changer de ton ; elle pleurait et bégayait, harcelée, dominée par l'ordre irrésistible qu'elle avait reçu.

– Oh ! oh ! je vous en supplie... si vous saviez comme je souffre... il me les faut aujourd'hui.

J'eus pitié d'elle.

– Vous les aurez tantôt, je vous le jure.

Elle s'écria :

– Oh ! merci ! merci ! Que vous êtes bon.

Je repris :

– Vous rappelez-vous ce qui s'est passé hier chez vous ?

– Oui.

– Vous rappelez-vous que le docteur Parent vous a endormie ?

– Oui.

– Eh bien, il vous a ordonné de venir m'emprunter ce matin cinq mille francs, et vous obéissez en ce moment à cette suggestion.

Elle réfléchit quelques secondes et répondit :

– Puisque c'est mon mari qui les demande.

Pendant une heure, j'essayai de la convaincre, mais je n'y pus parvenir.

Quand elle fut partie, je courus chez le docteur. Il allait sortir ; et il m'écouta en souriant. Puis il dit :

– Croyez-vous maintenant ?

– Oui, il le faut bien.

– Allons chez votre parente.

Elle sommeillait déjà sur une chaise longue, accablée de fatigue. Le médecin lui prit le pouls, la regarda quelque temps, une main levée vers ses yeux qu'elle ferma peu à peu sous l'effort insoutenable de cette puissance magnétique.

Quand elle fut endormie :

– Votre mari n'a plus besoin de cinq mille francs.

Vous allez donc oublier que vous avez prié votre cousin de vous les prêter, et, s'il vous parle de cela, vous ne comprendrez pas.

Puis il la réveilla. Je tirai de ma poche un portefeuille :

– Voici, ma chère cousine, ce que vous m'avez demandé ce matin.

Elle fut tellement surprise que je n'osai pas insister. J'essayai cependant de ranimer sa mémoire, mais elle nia avec force, crut que je me moquais d'elle, et faillit, à la fin, se fâcher.

Voilà ! je viens de rentrer ; et je n'ai pu déjeuner, tant cette expérience m'a bouleversé.

19 juillet. – Beaucoup de personnes à qui j'ai raconté cette aventure se sont moquées de moi. Je ne sais plus que penser. Le sage dit : Peut-être ?

21 juillet. – J'ai été dîner à Bougival, puis j'ai passé la soirée au bal des canotiers. Décidément, tout dépend des lieux et des milieux. Croire au surnaturel dans l'île de la Grenouillère, serait le comble de la folie… mais au sommet du Mont-Saint-Michel ?… mais dans les Indes ? Nous subissons effroyablement l'influence de ce qui nous entoure. Je rentrerai chez moi la semaine prochaine.

30 juillet. – Je suis revenu dans ma maison depuis hier. Tout va bien.

2 août. – Rien de nouveau; il fait un temps superbe. Je passe mes journées à regarder couler la Seine.

4 août. – Querelles parmi mes domestiques. Ils prétendent qu'on casse les verres, la nuit, dans les armoires. Le valet de chambre accuse la cuisinière, qui accuse la lingère, qui accuse les deux autres. Quel est le coupable ? Bien fin qui le dirait.

6 août. – Cette fois, je ne suis pas fou. J'ai vu… j'ai vu… j'ai vu !… Je ne puis plus douter… j'ai vu !… J'ai encore froid jusque dans les ongles… j'ai encore peur jusque dans les moelles… j'ai vu !…

Je me promenais à deux heures, en plein soleil, dans mon parterre de rosiers… dans l'allée des rosiers d'automne qui commencent à fleurir.

Comme je m'arrêtais à regarder un *géant des batailles*, qui portait trois fleurs magnifiques, je vis, je vis distinctement, tout près de moi, la tige d'une de ces roses se plier, comme si une main invisible l'eût tordue, puis se casser, comme si cette main l'eût cueillie ! Puis la fleur s'éleva, suivant la courbe qu'aurait décrite un bras en la portant vers une bouche, et elle resta suspendue dans l'air transparent, toute seule, immobile, effrayante tache rouge à trois pas de mes yeux.

Éperdu, je me jetai sur elle pour la saisir ! Je ne

trouvai rien ; elle avait disparu. Alors je fus pris d'une colère furieuse contre moi-même ; car il n'est pas permis à un homme raisonnable et sérieux d'avoir de pareilles hallucinations.

Mais était-ce bien une hallucination ? Je me retournai pour chercher la tige, et je la retrouvai immédiatement sur l'arbuste, fraîchement brisée, entre les deux autres roses demeurées à la branche.

Alors, je rentrai chez moi l'âme bouleversée ; car je suis certain, maintenant, certain comme de l'alternance des jours et des nuits, qu'il existe près de moi un être invisible, qui se nourrit de lait et d'eau, qui peut toucher aux choses, les prendre et les changer de place, doué par conséquent d'une nature matérielle, bien qu'imperceptible pour nos sens, et qui habite comme moi, sous mon toit...

7 août. – J'ai dormi tranquille. Il a bu l'eau de ma carafe, mais n'a point troublé mon sommeil.

Je me demande si je suis fou. En me promenant, tantôt au grand soleil, le long de la rivière, des doutes me sont venus sur ma raison, non point des doutes vagues comme j'en avais jusqu'ici, mais des doutes précis, absolus. J'ai vu des fous ; j'en ai connu qui restaient intelligents, lucides, clairvoyants même sur toutes les choses de la vie, sauf sur un point. Ils parlaient de tout avec clarté, avec souplesse, avec profondeur, et soudain leur pensée, touchant l'écueil de leur folie, s'y déchirait en pièces, s'éparpillait et sombrait dans cet océan effrayant et furieux, plein de vagues bondissantes, de brouillards, de bourrasques, qu'on nomme « la démence ».

Certes, je me croirais fou, absolument fou, si je n'étais conscient, si je ne connaissais parfaitement mon état, si je ne le sondais en l'analysant avec une complète lucidité. Je ne serais donc, en somme, qu'un halluciné raisonnant. Un trouble inconnu se serait produit dans mon cerveau, un de ces troubles qu'essaient de noter et de préciser aujourd'hui les physiologistes ; et ce trouble aurait déterminé dans mon esprit, dans l'ordre et la logique de mes idées, une crevasse profonde. Des phénomènes semblables ont lieu dans le rêve qui nous promène à travers les fantasmagories les plus invraisemblables, sans que nous en soyons surpris, parce que l'appareil vérificateur, parce que le sens du contrôle est endormi ; tandis que la faculté imaginative veille et travaille. Ne se peut-il pas qu'une des imperceptibles touches du clavier cérébral se trouve paralysée chez moi ? Des hommes, à la suite d'accidents, perdent la mémoire des noms propres ou des verbes ou des chiffres, ou seulement des dates. Les localisations de toutes les parcelles de la pensée sont aujourd'hui prouvées. Or, quoi d'étonnant à ce que ma faculté de contrôler l'irréalité de certaines hallucinations, se trouve engourdie chez moi en ce moment !

Je songeais à tout cela en suivant le bord de l'eau. Le soleil couvrait de clarté la rivière, faisait la terre délicieuse, emplissait mon regard d'amour pour la vie, pour les hirondelles, dont l'agilité est une joie de mes yeux, pour les herbes de la rive, dont le frémissement est un bonheur de mes oreilles.

Peu à peu, cependant un malaise inexplicable me pénétrait. Une force, me semblait-il, une force occulte m'engourdissait, m'arrêtait, m'empêchait d'aller plus loin, me rappelait en arrière. J'éprouvais ce besoin douloureux de rentrer qui vous oppresse, quand on a laissé au logis un malade aimé, et que le pressentiment vous saisit d'une aggravation de son mal.

Donc, je revins malgré moi, sûr que j'allais trouver, dans ma maison, une mauvaise nouvelle, une lettre ou une dépêche. Il n'y avait rien ; et je demeurai plus surpris et plus inquiet que si j'avais eu de nouveau quelque vision fantastique.

8 août. – J'ai passé hier une affreuse soirée. Il ne se manifeste plus, mais je le sens près de moi, m'épiant, me regardant, me pénétrant, me dominant et plus redoutable, en se cachant ainsi, que s'il signalait par des phénomènes surnaturels sa présence invisible et constante.

J'ai dormi, pourtant.

9 août. – Rien, mais j'ai peur.

10 août. – Rien ; qu'arrivera-t-il demain ?

11 août. – Toujours rien ; je ne puis plus rester chez moi avec cette crainte et cette pensée entrées en mon âme ; je vais partir.

12 août, 10 heures du soir. – Tout le jour j'ai voulu m'en aller ; je n'ai pas pu. J'ai voulu accomplir cet acte de liberté si facile, si simple, – sortir – monter dans ma voiture pour gagner Rouen – je n'ai pas pu. Pourquoi ?

13 août. – Quand on est atteint par certaines maladies, tous les ressorts de l'être physique semblent brisés, toutes les énergies anéanties, tous les muscles relâchés, les os devenus mous comme la chair et la chair liquide comme de l'eau. J'éprouve cela dans mon être moral d'une façon étrange et désolante. Je n'ai plus aucune force, aucun courage, aucune domination sur moi, aucun pouvoir même de mettre en mouvement ma volonté. Je ne peux plus vouloir ; mais quelqu'un veut pour moi ; et j'obéis.

14 août. – Je suis perdu ! Quelqu'un possède mon âme et la gouverne ! quelqu'un ordonne tous mes actes, tous mes mouvements, toutes mes pensées. Je ne suis plus rien en moi, rien qu'un spectateur esclave et terrifié de toutes les choses que j'accomplis. Je désire sortir. Je ne peux pas. Il ne veut pas ; et je reste, éperdu, tremblant, dans le fauteuil où il me tient assis. Je désire seulement me lever, me soulever, afin de me croire maître de moi. Je ne peux pas ! Je suis rivé à mon siège ; et mon siège adhère au sol, de telle sorte qu'aucune force ne nous soulèverait.

Puis, tout d'un coup, il faut, il faut, il faut que j'aille au fond de mon jardin cueillir des fraises et les manger. Et j'y vais. Je cueille des fraises et je les mange ! Oh ! mon Dieu ! Mon Dieu ! Mon Dieu ! Est-il un Dieu ? S'il en est un, délivrez-moi, sauvez-moi ! secourez-moi ! Pardon ! Pitié ! Grâce ! Sauvez-moi ! Oh ! quelle souffrance ! quelle torture ! quelle horreur !

15 août. – Certes, voilà comment était possédée et dominée ma pauvre cousine, quand elle est venue m'emprunter cinq mille francs. Elle subissait un vouloir étranger entré en elle, comme une autre âme, comme une autre âme parasite et dominatrice. Est-ce que le monde va finir ?

Mais celui qui me gouverne, quel est-il, cet invisible ? cet inconnaissable, ce rôdeur d'une race surnaturelle ?

Donc les Invisibles existent ! Alors, comment depuis l'origine du monde ne se sont-ils pas encore manifestés d'une façon précise comme ils le font pour moi ? Je n'ai jamais rien lu qui ressemble à ce qui s'est passé dans ma demeure. Oh ! si je pouvais la quitter, si je pouvais m'en aller, fuir et ne pas revenir. Je serais sauvé, mais je ne peux pas.

16 août. – J'ai pu m'échapper aujourd'hui pendant deux heures, comme un prisonnier qui trouve ouverte, par hasard, la porte de son cachot. J'ai senti que j'étais libre tout à coup et qu'il était loin. J'ai ordonné d'atteler bien vite et j'ai gagné Rouen. Oh ! quelle joie de pouvoir dire à un homme qui obéit : « Allez à Rouen ! »

Je me suis fait arrêter devant la bibliothèque et j'ai prié qu'on me prêtât le grand traité du docteur Hermann Herestauss sur les habitants inconnus du monde antique et moderne.

Puis, au moment de remonter dans mon coupé, j'ai voulu dire : « A la gare ! » et j'ai crié, – je n'ai pas dit, j'ai crié – d'une voix si forte que les passants se sont retournés : « A la maison », et je suis tombé, affolé d'angoisse, sur le coussin de ma voiture. Il m'avait retrouvé et repris.

17 août. – Ah ! Quelle nuit ! quelle nuit ! Et pourtant il me semble que je devrais me réjouir. Jusqu'à une heure du matin, j'ai lu ! Hermann Herestauss, docteur en philosophie et en théogonie, a écrit l'histoire et les manifestations de tous

34

les êtres invisibles rôdant autour de l'homme ou rêvés par lui. Il décrit leurs origines, leur domaine, leur puissance. Mais aucun d'eux ne ressemble à celui qui me hante. On dirait que l'homme, depuis qu'il pense, a pressenti et redouté un être nouveau, plus fort que lui, son successeur en ce monde, et que, le sentant proche et ne pouvant prévoir la nature de ce maître, il a créé, dans sa terreur, tout le peuple fantastique des êtres occultes, fantômes vagues nés de la peur.

Donc, ayant lu jusqu'à une heure du matin, j'ai été m'asseoir ensuite auprès de ma fenêtre ouverte pour rafraîchir mon front et ma pensée au vent calme de l'obscurité.

Il faisait bon, il faisait tiède ! Comme j'aurais aimé cette nuit-là autrefois !

Pas de lune. Les étoiles avaient au fond du ciel noir des scintillements frémissants. Qui habite ces mondes ? Quelles formes, quels vivants, quels animaux, quelles plantes sont là-bas ? Ceux qui pensent dans ces univers lointains, que savent-ils plus que nous ? Que peuvent-ils plus que nous ? Que voient-ils que nous ne connaissons point ? Un d'eux, un jour ou l'autre, traversant l'espace, n'apparaîtra-t-il pas sur notre terre pour la conquérir, comme les Normands jadis traversaient la mer pour asservir des peuples plus faibles ?

Nous sommes si infirmes, si désarmés, si ignorants, si petits, nous autres, sur ce grain de boue qui tourne délayé dans une goutte d'eau.

Je m'assoupis en rêvant ainsi au vent frais du soir.

Or, ayant dormi environ quarante minutes, je rouvris les yeux sans faire un mouvement, réveillé par je ne sais quelle émotion confuse et bizarre. Je ne vis rien d'abord, puis, tout à coup, il me sembla qu'une page du livre resté ouvert sur ma table venait de tourner toute seule. Aucun souffle d'air n'était entré par ma fenêtre. Je fus surpris et j'attendis. Au bout de quatre minutes environ, je vis, je vis, oui, je vis de mes yeux une autre page se soulever et se rabattre sur la précédente, comme si un doigt l'eût feuilletée. Mon fauteuil était vide, semblait vide ; mais je compris qu'il était là, lui, assis à ma place, et qu'il lisait. D'un bond furieux, d'un bond de bête révoltée, qui va éventrer son dompteur, je traversai ma chambre pour le saisir, pour l'étreindre, pour le tuer !... Mais mon siège, avant que je l'eusse atteint, se renversa comme si on eût fui devant moi... ma table oscilla, ma lampe tomba et s'éteignit, et ma fenêtre se ferma comme si un malfaiteur surpris se fût élancé dans la nuit, en prenant à pleines mains les battants.

Donc, il s'était sauvé ; il avait eu peur, peur de moi, lui !

Alors... alors... demain... ou après... ou un jour quelconque, je pourrai donc le tenir sous mes poings, et l'écraser contre le sol ! Est-ce que les chiens, quelquefois, ne mordent point et n'étranglent pas leurs maîtres ?

18 août. – J'ai songé toute la journée. Oh ! oui, je vais lui obéir, suivre ses impulsions, accomplir toutes ses volontés, me faire humble, soumis, lâche. Il est le plus fort. Mais une heure viendra...

19 août. – Je sais... je sais... je sais tout ! Je viens de lire ceci dans la *Revue du Monde scientifique* : « Une nouvelle assez curieuse nous arrive de Rio de Janeiro. Une folie, une épidémie de folie, comparable aux démences contagieuses qui atteignirent les peuples d'Europe au Moyen Age, sévit en ce moment dans la province de San-Paulo. Les habitants éperdus quittent leurs maisons, désertent leurs villages, abandonnent leurs cultures, se disant poursuivis, possédés, gouvernés comme un bétail humain par des êtres invisibles bien que tangibles, des sortes de vampires qui se nourrissent de leur vie, pendant leur sommeil, et qui boivent en outre de l'eau et du lait sans paraître toucher à aucun autre aliment.

M. le professeur Don Pedro Henriquez, accompagné de plusieurs savants médecins, est parti pour la province de San-Paulo, afin d'étudier sur place les origines et les manifestations de cette surprenante folie, et de proposer à l'Empereur les mesures qui lui paraîtront le plus propres à rappeler à la raison ces populations en délire. »

Ah ! Ah ! je me rappelle, je me rappelle le beau trois-mâts brésilien qui passa sous mes fenêtres en remontant la Seine, le 8 mai dernier ! Je le trouvai si joli, si blanc, si gai ! L'Être était dessus, venant de là-bas, où sa race est née ! Et il m'a vu ! Il a vu ma demeure blanche aussi ; et il a sauté du navire sur la rive. Oh ! mon Dieu !

A présent, je sais, je devine. Le règne de l'homme est fini.

Il est venu, Celui que redoutaient les premières terreurs des peuples naïfs, Celui qu'exorcisaient les prêtres inquiets, que les sorciers évoquaient par les nuits sombres, sans le voir apparaître encore, à qui les pressentiments des maîtres passagers du monde prêtèrent toutes les formes monstrueuses ou gracieuses des gnomes, des esprits, des génies, des fées, des farfadets. Après les grossières conceptions de l'épouvante primitive, des hommes plus perspicaces l'ont pressenti plus clairement. Mesmer l'avait deviné et les médecins, depuis dix ans déjà, ont découvert, d'une façon précise, la nature de sa puissance avant qu'il l'eût exercée lui-même. Ils ont joué avec cette arme du Seigneur nouveau, la domination d'un mystérieux vouloir sur l'âme humaine devenue esclave. Ils ont appelé cela magnétisme, hypnotisme, suggestion… que sais-je ? Je les ai vus s'amuser comme des enfants imprudents avec cette horrible puissance ! Malheur à nous ! Malheur à l'homme ! Il est venu, le… le… comment se nomme-t-il… le… il semble qu'il me crie son nom, et je ne l'entends pas… le… oui… il le crie… J'écoute… je ne peux pas… répète… le… Horla… J'ai entendu… le Horla… c'est lui… le Horla… il est venu !…

Ah ! le vautour a mangé la colombe ; le loup a mangé le mouton ; le lion a dévoré le buffle aux cornes aiguës ; l'homme a tué le lion avec la flèche, avec le glaive, avec la poudre ; mais le Horla va faire de l'homme ce que nous avons fait du cheval et du bœuf : sa chose, son serviteur et sa nourriture, par la seule puissance de sa volonté. Malheur à nous !

Pourtant, l'animal, quelquefois, se révolte et tue celui qui l'a dompté… moi aussi je veux… je pourrai… mais il faut le connaître, le toucher, le voir ! Les savants disent que l'œil de la bête, différent du nôtre, ne distingue point comme le nôtre… Et mon œil à moi ne peut distinguer le nouveau venu qui m'opprime.

Pourquoi ? Oh ! je me rappelle à présent les paroles du moine du Mont-Saint-Michel : « Est-ce que nous voyons la cent millième partie de ce qui existe ? Tenez, voici le vent qui est la plus grande force de la nature, qui renverse les hommes, abat les édifices, déracine les arbres, soulève la mer en montagnes d'eau, détruit les falaises et jette aux brisants les grands navires, le vent qui tue, qui siffle, qui gémit, qui mugit, l'avez-vous vu et pouvez-vous le voir : il existe pourtant ! »

Et je songeais encore : mon œil est si faible, si imparfait, qu'il ne distingue même point les corps durs, s'ils sont transparents comme le verre !... Qu'une glace sans tain barre mon chemin, il me jette dessus comme l'oiseau entré dans une chambre se casse la tête aux vitres. Mille choses en outre le trompent et l'égarent ? Quoi d'étonnant, alors, à ce qu'il ne sache point apercevoir un corps nouveau que la lumière traverse.

Un être nouveau ! pourquoi pas ? Il devait venir assurément ! pourquoi serions-nous les derniers ! Nous ne le distinguons point, ainsi que tous les autres créés avant nous ? C'est que sa nature est plus parfaite, son corps plus fin et plus fini que le nôtre, que le nôtre si faible, si maladroitement conçu, encombré d'organes toujours fatigués, toujours forcés comme des ressorts trop complexes, que le nôtre, qui vit comme une plante et comme une bête, en se nourrissant péniblement d'air, d'herbe et de viande, machine animale en proie aux maladies, aux déformations, aux putréfactions, poussive, mal réglée, naïve et bizarre, ingénieusement mal faite, œuvre grossière et délicate, ébauche d'être qui pourrait devenir intelligent et superbe.

Nous sommes quelques-uns, si peu sur ce monde, depuis l'huître jusqu'à l'homme. Pourquoi pas un de plus, une fois accomplie la période qui sépare les apparitions successives de toutes les espèces diverses ?

Pourquoi pas un de plus ? Pourquoi pas aussi d'autres arbres aux fleurs immenses, éclatantes et parfumant des régions entières ? Pourquoi pas d'autres éléments que le feu, l'air, la terre et l'eau ? – Ils sont quatre, rien que quatre, ces pères nourriciers des êtres ! Quelle pitié ! Pourquoi ne sont-ils pas quarante, quatre cents, quatre mille ! Comme tout est pauvre, mesquin, misérable ! avarement donné, sèchement inventé, lourdement fait ! Ah ! l'éléphant, l'hippopotame, que de grâce ! Le chameau, que d'élégance !

Mais direz-vous, le papillon ! une fleur qui vole ! J'en rêve un qui serait grand comme cent univers, avec des ailes dont, je ne puis même exprimer la forme, la beauté, la couleur et le mouvement.

Mais je le vois… il va d'étoile en étoile, les rafraî-
chissant et les embaumant au souffle harmonieux
et léger de sa course !… Et les peuples de là-haut
le regardent passer, extasiés et ravis !…

Qu'ai-je donc ? C'est lui, lui, le Horla, qui me
hante, qui me fait penser ces folies ! Il est en moi,
il devient mon âme, je le tuerai !

19 août.[1] – Je le tuerai. Je l'ai vu ! je me suis
assis hier soir, à ma table ; et je fis semblant
d'écrire avec une grande attention. Je savais bien
qu'il viendrait rôder autour de moi, tout près, si
près que je pourrais peut-être le toucher, le saisir ? Et alors !… alors, j'aurais la force des déses-
pérés ; j'aurais mes mains, mes genoux, ma poitrine, mon front, mes dents pour l'étrangler,
l'écraser, le mordre, le déchirer.

Et je le guettais avec tous mes organes surex-
cités.

J'avais allumé mes deux lampes et les huit bou-
gies de ma cheminée, comme si j'eusse pu, dans
cette clarté, le découvrir.

En face de moi, mon lit, un vieux lit de chêne à
colonnes ; à droite, ma cheminée ; à gauche, ma
porte fermée avec soin, après l'avoir laissée longtemps ouverte, afin de l'attirer ; derrière moi, une

---

1. Le journal comporte deux fois la date du 19 août. On ne sait s'il
s'agit d'une inadvertance de l'auteur ou d'une volonté d'attirer l'attention sur le moment essentiel de cette histoire.

très haute armoire à glace, qui me servait chaque jour pour me raser, pour m'habiller, et où j'avais coutume de me regarder, de la tête aux pieds, chaque fois que je passais devant.

Donc, je faisais semblant d'écrire, pour le tromper, car il m'épiait lui aussi ; et soudain, je sentis, je fus certain qu'il lisait par-dessus mon épaule, qu'il était là, frôlant mon oreille.

Je me dressai, les mains tendues, en me tournant si vite que je faillis tomber. Eh bien ?… on y voyait comme en plein jour, et je ne me vis pas dans ma glace !… Elle était vide, claire profonde, pleine de lumière ! Mon image n'était pas dedans… et j'étais en face, moi ! Je voyais le grand verre limpide du haut en bas. Et je regardais cela avec des yeux affolés ; et je n'osais plus avancer, je n'osais plus faire un mouvement, sentant bien pourtant qu'il était là, mais qu'il m'échapperait encore, lui dont le corps imperceptible avait dévoré mon reflet.

Comme j'eus peur ! Puis voilà que tout à coup je commençai à m'apercevoir dans une brume, au fond du miroir, dans une brume comme à travers une nappe d'eau ; et il me semblait que cette eau glissait de gauche à droite, lentement, rendant plus précise mon image, de seconde en seconde. C'était comme la fin d'une éclipse. Ce qui me cachait ne paraissait point posséder de contours nettement arrêtés, mais une sorte de transparence opaque, s'éclaircissant peu à peu.

Je pus enfin me distinguer complètement, ainsi que je le fais chaque jour en me regardant.

Je l'avais vu ! L'épouvante m'en est restée, qui me fait encore frissonner.

20 août. – Le tuer, comment ? puisque je ne peux l'atteindre ? Le poison ? mais il me verrait le mêler à l'eau ; et nos poisons, d'ailleurs, auraient-ils un effet sur son corps imperceptible ? Non... non... sans aucun doute... Alors ?... alors ?...

21 août. – J'ai fait venir un serrurier de Rouen, et lui ai commandé pour ma chambre des persiennes de fer, comme en ont, à Paris certains hôtels particuliers, au rez-de-chaussée, par crainte des voleurs. Il me fera, en outre, une porte pareille. Je me suis donné pour un poltron, mais je m'en moque !...

10 septembre. – Rouen, hôtel Continental. C'est fait... c'est fait... mais est-il mort ? J'ai l'âme bouleversée de ce que j'ai vu.

Hier donc, le serrurier ayant posé ma persienne et ma porte de fer, j'ai laissé tout ouvert jusqu'à minuit, bien qu'il commençât à faire froid.

Tout à coup, j'ai senti qu'il était là, et une joie, une joie folle m'a saisi. Je me suis levé lentement, et j'ai marché à droite, à gauche, longtemps pour qu'il ne devinât rien ; puis j'ai ôté mes bottines et mis mes savates avec négligence ; puis j'ai fermé ma persienne de fer, et revenant à pas tranquilles vers la porte, j'ai fermé la porte aussi à double tour. Retournant alors vers la fenêtre, je la fixai par un cadenas, dont je mis la clef dans ma poche.

Tout à coup, je compris qu'il s'agitait autour de moi, qu'il avait peur à son tour, qu'il m'ordonnait de lui ouvrir. Je faillis céder ; je ne cédai pas, mais m'adossant à la porte, je l'entrebâillai, tout juste assez pour passer, moi, à reculons ; et comme je suis très grand ma tête touchait au linteau. J'étais sûr qu'il n'avait pu s'échapper et je l'enfermai, tout seul, tout seul. Quelle joie ! Je le tenais ! Alors, je descendis, en courant ; je pris dans mon salon, sous ma chambre, mes deux lampes et je renversai toute l'huile sur le tapis, sur les meubles, partout ; puis j'y mis le feu, et je me sauvai, après avoir bien refermé, à double tour, la grande porte d'entrée.

Et j'allai me cacher au fond de mon jardin, dans un massif de lauriers. Comme ce fut long ! comme ce fut long ! Tout était noir, muet, immobile ; pas un souffle d'air, pas une étoile, des montagnes de nuages qu'on ne voyait point, mais qui pesaient sur mon âme si lourds, si lourds.

Je regardais ma maison, et j'attendais. Comme

ce fut long ! Je croyais déjà que le feu s'était éteint tout seul, ou qu'il l'avait éteint, Lui, quand une des fenêtres d'en bas creva sous la poussée de l'incendie, et une flamme, une grande flamme rouge et jaune, longue, molle, caressante, monta le long du mur blanc et le baisa jusqu'au toit. Une lueur courut dans les arbres, dans les branches, dans les feuilles, et un frisson, un frisson de peur aussi. Les oiseaux se réveillaient ; un chien se mit à hurler ; il me sembla que le jour se levait ! Deux autres fenêtres éclatèrent aussitôt, et je vis que tout le bas de ma demeure n'était plus qu'un effrayant brasier. Mais un cri, un cri horrible, suraigu, déchirant, un cri de femme passa dans la nuit, et deux mansardes s'ouvrirent ! J'avais oublié mes domestiques ! Je vis leurs faces affolées, et leurs bras qui s'agitaient !...

Alors, éperdu d'horreur, je me mis à courir vers le village en hurlant :

– Au secours ! au secours, au feu ! au feu !

Je rencontrai des gens qui s'en venaient déjà et je retournai avec eux, pour voir !

La maison, maintenant, n'était plus qu'un bûcher horrible et magnifique, un bûcher monstrueux, éclairant toute la terre, un bûcher où brûlaient des hommes, et où il brûlait aussi, Lui, Lui, mon prisonnier, l'Être nouveau, le nouveau maître, le Horla !

Soudain le toit tout entier s'engloutit entre les murs, et un volcan de flammes jaillit jusqu'au ciel. Par toutes les fenêtres ouvertes sur la fournaise, je voyais la cuve de feu, et je pensais qu'il était là, dans ce four, mort...

« Mort ? Peut-être ?... Son corps ? son corps que le jour traversait n'était-il pas indestructible par les moyens qui tuent les nôtres ?

S'il n'était pas mort ?... seul peut-être le temps a prise sur l'Être Invisible et Redoutable. Pourquoi ce corps transparent, ce corps inconnaissable, ce corps d'Esprit, s'il devait craindre, lui aussi, les maux, les blessures, les infirmités, la destruction prématurée ?

La destruction prématurée ? toute l'épouvante humaine vient d'elle ! Après l'homme, le Horla. – Après celui qui peut mourir tous les jours, à toutes les heures, à toutes les minutes, par tous les accidents, est venu celui qui ne doit mourir qu'à son jour, à son heure, à sa minute, parce qu'il a touché la limite de son existence !

Non... non... sans aucun doute, sans aucun doute... il n'est pas mort... Alors... alors... il va donc falloir que je me tue, moi !... »

MAGNÉTISME

C'était à la fin d'un dîner d'hommes, à l'heure des interminables cigares et des incessants petits verres, dans la fumée et l'engourdissement chaud des digestions, dans le léger trouble des têtes après tant de viandes et de liqueurs absorbées et mêlées.

On vint à parler du magnétisme, des tours de Donato et des expériences du docteur Charcot. Soudain ces hommes sceptiques, aimables, indifférents à toute religion, se mirent à raconter des faits étranges, des histoires incroyables mais arrivées, affirmaient-ils, retombant brusquement en des croyances superstitieuses, se cramponnant à ce dernier reste de merveilleux, devenus dévots à ce mystère du magnétisme, le défendant au nom de la science.

Un seul souriait, un vigoureux garçon, grand coureur de filles et chasseur de femmes, chez qui une incroyance à tout s'était ancrée si fortement qu'il n'admettait même point la discussion.

Il répétait en ricanant :

– Des blagues ! des blagues ! des blagues ! Nous ne discuterons pas Donato qui est tout simplement un très malin faiseur de tours. Quant à M. Charcot, qu'on dit être un remarquable savant, il me fait l'effet de ces conteurs dans le genre d'Edgar Poe, qui finissent par devenir fous à force de réfléchir à d'étranges cas de folie. Il a constaté des phénomènes nerveux inexpliqués et encore inexplicables, il marche dans cet inconnu qu'on explore chaque jour, et ne pouvant toujours comprendre ce qu'il voit, il se souvient trop peut-être des explications ecclésiastiques des mystères. Et puis je voudrais l'entendre parler, ce serait tout autre chose que ce que vous répétez.

Il y eut autour de l'incrédule une sorte de mouvement de pitié, comme s'il avait blasphémé dans une assemblée de moines.

Un de ces messieurs s'écria :

– Il y a eu pourtant des miracles autrefois.

Mais l'autre répondit :

– Je le nie. Pourquoi n'y en aurait-il plus ?

Alors chacun apporta un fait, des pressentiments fantastiques, des communications d'âmes à travers de longs espaces, des influences secrètes d'un être sur un autre. Et on affirmait, on déclarait les faits indiscutables, tandis que le nieur acharné répétait :

– Des blagues ! des blagues ! des blagues !

A la fin il se leva, jeta son cigare, et les mains dans les poches :

– Eh bien, moi aussi, je vais vous raconter deux histoires, et puis je vous les expliquerai. Les voici :

Dans le petit village d'Étretat les hommes, tous matelots, vont chaque année au banc de Terre-Neuve pêcher la morue. Or, une nuit, l'enfant d'un de ces marins se réveilla en sursaut en criant que son « pé était mort à la mé ». On calma le mioche, qui se réveilla de nouveau en hurlant que son « pé était neyé ». Un mois après, on apprenait en effet la mort du père enlevé du pont par un coup de mer. La veuve se rappela les réveils de l'enfant. On cria au miracle, tout le monde s'émut ; on rapprocha les dates ; et il se trouva que l'accident et le rêve avaient coïncidé à peu près ; d'où l'on conclut qu'ils étaient arrivés la même nuit, à la même heure. Et voilà un mystère du magnétisme.

Le conteur s'interrompit. Alors un des auditeurs, fort ému, demanda :

– Et vous expliquez ça, vous ?

– Parfaitement, monsieur, j'ai trouvé le secret. Le fait m'avait surpris et même vivement embarrassé ; mais moi, voyez-vous, je ne crois pas par principe. De même que d'autres commencent par croire, je commence par douter ; et quand je ne comprends nullement, je continue à nier toute communication télépathique des âmes, sûr que ma pénétration seule est suffisante. Eh bien, j'ai cherché, cherché, et j'ai fini, à force d'interroger toutes les femmes des matelots absents, par me convaincre qu'il ne se passait pas huit jours sans que l'une d'elles ou l'un des enfants rêvât et annonçât à son réveil que le « pé était mort à la mé ». La crainte horrible et constante de cet accident fait qu'ils en parlent toujours, y pensent sans cesse. Or, si une de ces fréquentes prédictions coïncide, par un hasard très simple, avec une mort, on crie aussitôt au miracle, car on oublie soudain tous les autres songes, tous les autres présages, toutes les autres prophéties de malheur, demeurés sans confirmation. J'en ai pour ma part considéré plus de cinquante dont les auteurs, huit jours plus tard, ne se souvenaient même plus. Mais, si l'homme, en effet, était mort, la mémoire se serait immédiatement réveillée, et l'on aurait célébré l'intervention de Dieu selon les uns, du magnétisme selon les autres.

Un des fumeurs déclara :

– C'est assez juste, ce que vous dites là, mais voyons votre seconde histoire.

– Oh ! ma seconde histoire est fort délicate à raconter. C'est à moi qu'elle est arrivée, aussi je me défie un rien de ma propre appréciation. On n'est jamais équitablement juge et partie. Enfin la voici :

J'avais dans mes relations mondaines une jeune femme à laquelle je ne songeais nullement, que je n'avais même jamais regardée attentivement, jamais remarquée, comme on dit.

Je la classais parmi les insignifiantes, bien qu'elle ne fût pas laide ; enfin elle me semblait avoir des yeux, un nez, une bouche, des cheveux quelconques, toute une physionomie terne ; c'était un de ces êtres sur qui la pensée ne semble se poser que par hasard, ne se pouvoir arrêter, sur qui le désir ne s'abat point.

Or, un soir, comme j'écrivais des lettres au coin de mon feu avant de me mettre au lit, j'ai senti au milieu de ce dévergondage d'idées, de cette procession d'images qui vous effleurent le cerveau quand on reste quelques minutes rêvassant, la plume en l'air, une sorte de petit souffle qui me passait dans l'esprit, un tout léger frisson du cœur, et immédiatement, sans raison, sans aucun enchaînement de pensées logique, j'ai vu distinctement, vu comme si je la touchais, vu des pieds à la tête, et sans un voile, cette jeune femme à qui je n'avais jamais songé plus de trois secondes de suite, le temps que son nom me traversât la tête. Et soudain je lui découvris un tas de qualités que je n'avais point observées, un charme doux, un attrait langoureux ; elle éveilla chez moi cette sorte d'inquiétude d'amour qui vous met à la poursuite d'une femme. Mais je n'y pensai pas longtemps. Je me couchai, je m'endormis. Et je rêvai.

Vous avez tous fait de ces rêves singuliers, n'est-ce pas, qui vous rendent maîtres de l'impossible, qui vous ouvrent des portes infranchissables, des joies inespérées, des bras impénétrables ?

Qui de nous, dans ces sommeils troublés, nerveux, haletants, n'a tenu, étreint, pétri, possédé avec une acuité de sensation extraordinaire, celle dont son esprit était occupé ? Et avez-vous remarqué quelles surhumaines délices apportent ces bonnes fortunes du rêve ! En quelles ivresses folles elles vous jettent, de quels spasmes fougueux elles vous secouent, et quelle tendresse infinie, caressante, pénétrante elles vous enfoncent au cœur pour celle qu'on tient défaillante et chaude, en cette illusion adorable et brutale, qui semble une réalité !

Tout cela, je l'ai ressenti avec une inoubliable violence. Cette femme fut à moi, tellement à moi que la tiède douceur de sa peau me restait aux doigts, l'odeur de sa peau me restait au cerveau, le goût de ses baisers me restait aux lèvres, le son de sa voix me restait aux oreilles, le cercle de son étreinte autour des reins, et le charme ardent de sa tendresse en toute ma personne, longtemps après mon réveil exquis et décevant.

Et trois fois en cette même nuit, le songe se renouvela.

Le jour venu, elle m'obsédait, me possédait, me hantait la tête et les sens, à tel point que je ne restais plus une seconde sans penser à elle.

A la fin, ne sachant que faire, je m'habillai et je l'allai voir. Dans son escalier, j'étais ému à trembler, mon cœur battait : un désir véhément m'envahissait des pieds aux cheveux.

J'entrai. Elle se leva toute droite en entendant prononcer mon nom ; et soudain nos yeux se croisèrent avec une surprenante fixité. Je m'assis.

Je balbutiai quelques banalités qu'elle ne semblait point écouter. Je ne savais que dire ni que faire ; alors brusquement je me jetai sur elle, la saisissant à pleins bras ; et tout mon rêve s'accomplit si vite, si facilement, si follement, que je doutai soudain d'être éveillé... Elle fut pendant deux ans ma maîtresse...

– Qu'en concluez-vous ? dit une voix.

Le conteur semblait hésiter.

– J'en conclus... je conclus à une coïncidence, parbleu ! Et puis, qui sait ? C'est peut-être un

regard d'elle que je n'avais point remarqué et qui
m'est revenu ce soir-là par un de ces mystérieux
et inconscients rappels de la mémoire qui nous
représentent souvent des choses négligées par
notre conscience, passées inaperçues devant
notre intelligence !

– Tout ce que vous voudrez, conclut un
convive, mais si vous ne croyez pas au magnétisme après cela, vous êtes un ingrat, mon cher
monsieur !

SUR L'EAU

J'avais loué l'été dernier, une petite maison de campagne au bord de la Seine, à plusieurs lieues de Paris et j'allais y coucher tous les soirs. Je fis au bout de quelques jours, la connaissance d'un de mes voisins, un homme de trente à quarante ans, qui était bien le type le plus curieux que j'eusse jamais vu. C'était un vieux canotier, mais un canotier enragé, toujours près de l'eau ; toujours sur l'eau, toujours dans l'eau. Il devait être né dans un canot, et il mourra bien certainement dans le canotage final.

Un soir que nous nous promenions au bord de la Seine, je lui demandai de me raconter quelques anecdotes de sa vie nautique. Voilà immédiatement mon bonhomme qui s'anime, se transfigure, devient éloquent, presque poète. Il avait dans le cœur une grande passion, une passion dévorante, irrésistible : la rivière.

« Ah ! me dit-il, combien j'ai de souvenirs sur cette rivière que vous voyez couler là près de nous ! Vous autres, habitants des rues, vous ne savez pas ce qu'est la rivière. Mais écoutez un pêcheur prononcer ce mot. Pour lui, c'est la chose mystérieuse, profonde, inconnue, le pays des mirages et des fantasmagories, où l'on voit, la nuit, des choses qui ne sont pas, où l'on entend des bruits que l'on ne connaît point, où l'on tremble sans savoir pourquoi, comme en traversant un cimetière : et c'est en effet le plus sinistre des cimetières, celui où l'on n'a point de tombeau.

La terre est bornée pour le pêcheur, et dans l'ombre, quand il n'y a pas de lune, la rivière est illimitée. Un marin n'éprouve point la même chose pour la mer. Elle est souvent dure et méchante c'est vrai, mais elle crie, elle hurle, elle est loyale, la grande mer ; tandis que la rivière est silencieuse et perfide. Elle ne gronde pas, elle coule toujours sans bruit, et ce mouvement éternel de l'eau qui coule est plus effrayant pour moi que les hautes vagues de l'Océan.

Des rêveurs prétendent que la mer cache dans son sein d'immenses pays bleuâtres, où les noyés roulent parmi les grands poissons, au milieu d'étranges forêts et dans des grottes de cristal. La rivière n'a que des profondeurs noires où l'on pourrit dans la vase. Elle est belle pourtant quand elle brille au soleil levant et qu'elle clapote doucement entre ses berges couvertes de roseaux qui murmurent.

Le poète a dit en parlant de l'Océan :

Ô flots, que vous savez de lugubres histoires !
Flots profonds, redoutés des mères à genoux,
Vous vous les racontez en montant les marées
Et c'est ce qui vous fait ces voix désespérées
Que vous avez, le soir, quand vous venez vers
nous.

Eh bien, je crois que les histoires chuchotées par les roseaux minces avec leurs petites voix si douces doivent être encore plus sinistres que les drames lugubres racontés par les hurlements des vagues.

Mais puisque vous me demandez quelques-uns de mes souvenirs, je vais vous dire une singulière aventure qui m'est arrivée ici, il y a une dizaine d'années.

J'habitais comme aujourd'hui la maison de la mère Lafon, et un de mes meilleurs camarades, Louis Bernet, qui a maintenant renoncé au canotage, à ses pompes et à son débraillé pour entrer au Conseil d'État, était installé au village de C..., deux lieues plus bas. Nous dînions tous les jours ensemble, tantôt chez lui, tantôt chez moi.

Un soir, comme je revenais tout seul et assez fatigué, traînant péniblement mon gros bateau, un *océan* de douze pieds, dont je me servais toujours la nuit, je m'arrêtai quelques secondes pour reprendre haleine auprès de la pointe des roseaux, là-bas, deux cents mètres environ avant le pont du chemin de fer. Il faisait un temps magnifique ; la lune resplendissait, le fleuve brillait, l'air était calme et doux. Cette tranquillité me tenta ; je me dis qu'il ferait bien bon fumer une pipe en cet endroit. L'action suivit la pensée ; je saisis mon ancre et la jetai dans la rivière.

Le canot, qui redescendait avec le courant, fila sa chaîne jusqu'au bout, puis s'arrêta ; et je m'assis à l'arrière sur ma peau de mouton, aussi commodément qu'il me fut possible. On n'entendait rien, rien : parfois seulement, je croyais saisir un petit clapotement presque insensible de l'eau contre la rive, et j'apercevais des groupes de roseaux plus élevés qui prenaient des figures surprenantes et semblaient par moments s'agiter.

Le fleuve était parfaitement tranquille, mais je me sentis ému par le silence extraordinaire qui m'entourait. Toutes les bêtes, grenouilles et crapauds, ces chanteurs nocturnes des marécages, se taisaient. Soudain, à ma droite, contre moi, une grenouille coassa. Je tressaillis : elle se tut ; je n'entendis plus rien, et je résolus de fumer un peu pour me distraire. Cependant, quoique je fusse un culotteur de pipes renommé, je ne pus pas ; dès la seconde bouffée, le cœur me tourna et je cessai. Je me mis à chantonner ; le son de ma voix m'était pénible ; alors, je m'étendis au fond du bateau et je regardai le ciel. Pendant quelque temps, je demeurai tranquille, mais bientôt les légers mouvements de la barque m'inquiétèrent. Il me sembla qu'elle faisait des embardées gigantesques, touchant tour à tour les deux berges du fleuve ; puis je crus qu'un être ou qu'une force invisible l'attirait doucement au fond de l'eau et la soulevait ensuite pour la laisser retomber. J'étais ballotté comme au milieu d'une tempête ; j'entendis des bruits autour de moi ; je me dressai d'un bond : l'eau brillait, tout était calme.

Je compris que j'avais les nerfs un peu ébranlés et je résolus de m'en aller. Je tirai sur ma chaîne ; le canot se mit en mouvement, puis je sentis une résistance, je tirai plus fort, l'ancre ne vint pas ; elle avait accroché quelque chose au fond de l'eau et je ne pouvais la soulever ; je recommençai à tirer, mais inutilement. Alors, avec mes avirons, je fis tourner mon bateau et je le portai en amont pour changer la position de l'ancre. Ce fut en vain, elle tenait toujours ; je fus pris de colère et je secouai la chaîne rageusement. Rien ne remua. Je m'assis découragé et je me mis à réfléchir sur ma position. Je ne pouvais songer à casser cette chaîne ni à la séparer de l'embarcation, car elle était énorme et rivée à l'avant dans un morceau de bois plus gros que mon bras ; mais comme le temps demeurait fort beau, je pensai que je ne tarderais point, sans doute, à rencontrer quelque pêcheur qui viendrait à mon secours. Ma mésaventure m'avait calmé ; je m'assis et je pus enfin fumer ma pipe. Je possédais une bouteille de rhum, j'en bus deux ou trois verres, et ma situation me fit rire. Il faisait très chaud, de sorte qu'à la rigueur je pouvais, sans grand mal, passer la nuit à la belle étoile.

Soudain, un petit coup sonna contre mon bordage. Je fis un soubresaut, et une sueur froide me glaça des pieds à la tête. Ce bruit venait sans doute de quelque bout de bois entraîné par le courant, mais cela avait suffi et je me sentis envahi de nouveau par une étrange agitation nerveuse. Je saisis ma chaîne et je me raidis dans un effort désespéré. L'ancre tint bon. Je me rassis épuisé.

Cependant, la rivière s'était peu à peu couverte d'un brouillard blanc très épais qui rampait sur l'eau fort bas, de sorte que, en me dressant debout, je ne voyais plus le fleuve, ni mes pieds, ni mon bateau, mais j'apercevais seulement les pointes des roseaux, puis, plus loin, la plaine toute pâle de la lumière de la lune, avec de grandes taches noires qui montaient dans le ciel, formées par des groupes de peupliers d'Italie. J'étais comme enseveli jusqu'à la ceinture dans une nappe de coton d'une blancheur singulière, et il me venait des imaginations fantastiques. Je me figurais qu'on essayait de monter dans ma barque que je ne pouvais plus distinguer, et que la rivière, cachée par ce brouillard opaque, devait être pleine d'êtres étranges qui nageaient autour de moi. J'éprouvais un malaise horrible, j'avais les tempes serrées, mon cœur battait à m'étouffer ; et, perdant la tête, je pensai à me sauver à la nage ; puis aussitôt cette idée me fit frissonner d'épouvante. Je me vis, perdu, allant à l'aventure dans cette brume épaisse, me débattant au milieu des herbes et des roseaux que je ne pourrais éviter, râlant de peur, ne voyant pas la berge, ne retrouvant plus mon bateau, et il me semblait que je me sentirais tiré par les pieds tout au fond de cette eau noire.

En effet, comme il m'eût fallu remonter le courant au moins pendant cinq cents mètres avant de trouver un point libre d'herbes et de joncs où je pusse prendre pied, il y avait pour moi neuf chances sur dix de ne pouvoir me diriger dans ce brouillard et de me noyer, quelque bon nageur que je fusse.

63

J'essayai de me raisonner. Je me sentais la volonté bien ferme de ne point avoir peur, mais il y avait en moi autre chose que ma volonté, et cette autre chose avait peur. Je me demandai ce que je pouvais redouter ; mon *moi* brave railla mon *moi* poltron, et jamais aussi bien que ce jour-là je ne saisis l'opposition des deux êtres qui sont en nous, l'un voulant, l'autre résistant, et chacun l'emportant tour à tour.

Cet effroi bête et inexplicable grandissait toujours et devenait de la terreur. Je demeurais immobile, les yeux ouverts, l'oreille tendue et attendant. Quoi ? Je n'en savais rien, mais ce devait être terrible. Je crois que si un poisson se fût avisé de sauter hors de l'eau, comme cela arrive souvent, il n'en aurait pas fallu davantage pour me faire tomber raide, sans connaissance.

Cependant, par un effort violent, je finis par ressaisir à peu près ma raison qui m'échappait. Je pris de nouveau ma bouteille de rhum et je bus à grands traits.

Alors une idée me vint et je me mis à crier de toutes mes forces en me tournant successivement vers les quatre points de l'horizon. Lorsque mon gosier fut absolument paralysé, j'écoutai. – Un chien hurlait, très loin.

Je bus encore et je m'étendis tout de mon long au fond du bateau. Je restai ainsi peut-être une heure, peut-être deux, sans dormir, les yeux ouverts, avec des cauchemars autour de moi. Je n'osais pas me lever et pourtant je le désirais violemment ; je remettais de minute en minute. Je me disais : "Allons, debout !" et j'avais peur de faire un mouvement. A la fin, je me soulevai avec des précautions infinies, comme si ma vie eût dépendu du moindre bruit que j'aurais fait, et je regardai par-dessus le bord.

Je fus ébloui par le plus merveilleux, le plus étonnant spectacle qu'il soit possible de voir. C'était une de ces fantasmagories du pays des fées, une de ces visions racontées par les voyageurs qui reviennent de très loin et que nous écoutons sans les croire.

Le brouillard qui, deux heures auparavant, flottait sur l'eau, s'était peu à peu retiré et ramassé sur les rives. Laissant le fleuve absolument libre, il avait formé sur chaque berge une colline ininterrompue, haute de six ou sept mètres, qui brillait sous la lune avec l'éclat superbe des neiges. De sorte qu'on ne voyait rien autre chose que cette rivière lamée de feu entre ces deux montagnes blanches ; et là-haut, sur ma tête, s'étalait, pleine et large, une grande lune illuminante au milieu d'un ciel bleuâtre et laiteux.

Toutes les bêtes de l'eau s'étaient réveillées ; les grenouilles coassaient furieusement, tandis que, d'instant en instant, tantôt à droite, tantôt à gauche, j'entendais cette note courte, monotone et triste, que jette aux étoiles la voix cuivrée des crapauds. Chose étrange, je n'avais plus peur ; j'étais au milieu d'un paysage tellement extraordinaire que les singularités les plus fortes n'eussent pu m'étonner.

Combien de temps cela dura-t-il, je n'en sais rien, car j'avais fini par m'assoupir. Quand je rouvris les yeux, la lune était couchée, le ciel plein de nuages. L'eau clapotait lugubrement, le vent soufflait, il faisait froid, l'obscurité était profonde.

Je bus ce qui me restait de rhum, puis j'écoutai en grelottant le froissement des roseaux et le bruit sinistre de la rivière. Je cherchai à voir, mais je ne pus distinguer mon bateau, ni mes mains elles-mêmes, que j'approchais de mes yeux.

Peu à peu, cependant, l'épaisseur du noir diminua. Soudain je crus sentir qu'une ombre glissait tout près de moi ; je poussai un cri, une voix répondit ; c'était un pêcheur. Je l'appelai, il s'approcha et je lui racontai ma mésaventure. Il mit alors son bateau bord à bord avec le mien, et tous les deux nous tirâmes sur la chaîne. L'ancre ne remua pas. Le jour venait, sombre, gris, pluvieux, glacial, une de ces journées qui vous apportent des tristesses et des malheurs.

J'aperçus une autre barque, nous la hélâmes.

L'homme qui la montait unit ses efforts aux nôtres ; alors, peu à peu, l'ancre céda. Elle montait, mais doucement, doucement, et chargée d'un poids considérable. Enfin nous aperçûmes une masse noire, et nous la tirâmes à mon bord :

C'était le cadavre d'une vieille femme qui avait une grosse pierre au cou. »

APPARITION

On parlait de séquestration à propos d'un procès récent. C'était à la fin d'une soirée intime, rue de Grenelle, dans un ancien hôtel, et chacun avait son histoire, une histoire qu'il affirmait vraie.

Alors le vieux marquis de La Tour-Samuel, âgé de quatre-vingt-deux ans, se leva et vint s'appuyer à la cheminée. Il dit de sa voix un peu tremblante :

« Moi aussi, je sais une chose étrange, tellement étrange, qu'elle a été l'obsession de ma vie. Voici maintenant cinquante-six ans que cette aventure m'est arrivée, et il ne se passe pas un mois sans que je la revoie en rêve. Il m'est demeuré de ce jour-là une marque, une empreinte de peur, me comprenez-vous ? Oui, j'ai subi l'horrible épouvante, pendant dix minutes, d'une telle façon que depuis cette heure une sorte de terreur constante m'est restée dans l'âme. Les bruits inattendus me font tressaillir jusqu'au cœur ; les objets que je distingue mal dans l'ombre du soir me donnent une envie folle de me sauver. J'ai peur la nuit, enfin.

Oh ! je n'aurais pas avoué cela avant d'être arrivé à l'âge où je suis. Maintenant je peux tout dire. Il est permis de n'être pas brave devant les dangers imaginaires, quand on a quatre-vingt-deux ans. Devant les dangers véritables, je n'ai jamais reculé, mesdames.

Cette histoire m'a tellement bouleversé l'esprit, a jeté en moi un trouble si profond, si mystérieux, si épouvantable, que je ne l'ai même jamais racontée. Je l'ai gardée dans le fond intime de moi, dans ce fond où l'on cache les secrets pénibles, les secrets honteux, toutes les inavouables faiblesses que nous avons dans notre existence.

Je vais vous dire l'aventure telle quelle, sans chercher à l'expliquer. Il est bien certain qu'elle est explicable, à moins que je n'aie eu mon heure de folie. Mais non, je n'ai pas été fou, et je vous en donnerai la preuve. Imaginez ce que vous voudrez. Voici les faits tout simples.

C'était en 1827, au mois de juillet. Je me trouvais à Rouen en garnison.

Un jour, comme je me promenais sur le quai, je

rencontrai un homme que je crus reconnaître sans me rappeler au juste qui c'était. Je fis, par instinct, un mouvement pour m'arrêter. L'étranger aperçut ce geste, me regarda et tomba dans mes bras.

C'était un ami de jeunesse que j'avais beaucoup aimé. Depuis cinq ans que je ne l'avais vu, il semblait vieilli d'un demi-siècle. Ses cheveux étaient tout blancs ; et il marchait courbé, comme épuisé. Il comprit ma surprise et me conta sa vie. Un malheur terrible l'avait brisé.

Devenu follement amoureux d'une jeune fille, il l'avait épousée dans une sorte d'extase de bonheur. Après un an d'une félicité surhumaine et d'une passion inapaisée, elle était morte subitement d'une maladie de cœur, tuée par l'amour lui-même, sans doute.

Il avait quitté son château le jour même de l'enterrement, et il était venu habiter son hôtel de Rouen. Il vivait là, solitaire et désespéré, rongé par la douleur, si misérable qu'il ne pensait qu'au suicide.

– Puisque je te retrouve ainsi, me dit-il, je te demanderai de me rendre un grand service, c'est d'aller chercher chez moi dans le secrétaire de ma chambre, de notre chambre, quelques papiers dont j'ai un urgent besoin. Je ne puis charger de ce soin un subalterne ou un homme d'affaires, car il me faut une impénétrable discrétion et un silence absolu. Quant à moi, pour rien au monde je ne rentrerai dans cette maison. Je te donnerai la clef de cette chambre que j'ai fermée moi-même en partant, et la clef de mon secrétaire. Tu remettras en outre un mot de moi à mon jardinier qui t'ouvrira le château. Mais viens déjeuner avec moi demain, et nous causerons de cela.

Je lui promis de lui rendre ce léger service. Ce n'était d'ailleurs qu'une promenade pour moi, son domaine se trouvant situé à cinq lieues de Rouen environ. J'en avais pour une heure à cheval.

A dix heures, le lendemain, j'étais chez lui. Nous déjeunâmes en tête à tête ; mais il ne prononça pas vingt paroles. Il me pria de l'excuser ; la pensée de la visite que j'allais faire dans cette chambre, où gisait son bonheur, le bouleversait, me disait-il. Il me parut en effet singulièrement agité, préoccupé, comme si un mystérieux combat se fût livré dans son âme.

Enfin il m'expliqua exactement ce que je devais faire. C'était bien simple. Il me fallait prendre deux paquets de lettres et une liasse de papiers enfermés dans le premier tiroir de droite du meuble dont j'avais la clef. Il ajouta :

– Je n'ai pas besoin de te prier de n'y point jeter les yeux.

Je fus presque blessé de cette parole, et je le lui dis un peu vivement. Il balbutia :

– Pardonne-moi, je souffre trop.

Et il se mit à pleurer.

Je le quittai vers une heure pour accomplir ma mission.

Il faisait un temps radieux, et j'allais au grand trot à travers les prairies, écoutant des chants d'alouettes et le bruit rythmé de mon sabre sur ma botte.

Puis j'entrai dans la forêt et je mis au pas mon cheval. Des branches d'arbres me caressaient le visage ; et parfois j'attrapais une feuille avec mes dents et je la mâchais avidement, dans une de ces joies de vivre qui vous emplissent, on ne sait pourquoi, d'un bonheur tumultueux et comme insaisissable, d'une sorte d'ivresse de force.

En approchant du château, je cherchais dans ma poche la lettre que j'avais pour le jardinier, et je m'aperçus avec étonnement qu'elle était cachetée. Je fus tellement surpris et irrité que je faillis revenir sans m'acquitter de ma commission. Puis je songeai que j'allais montrer là une susceptibilité de mauvais goût. Mon ami avait pu d'ailleurs fermer ce mot sans y prendre garde, dans le trouble où il était.

Le manoir semblait abandonné depuis vingt ans. La barrière, ouverte et pourrie, tenait debout on ne sait comment. L'herbe emplissait les allées ; on ne distinguait plus les plates-bandes du gazon.

Au bruit que je fis en tapant à coups de pied dans un volet un vieil homme sortit d'une porte de côté et parut stupéfait de me voir. Je sautai à terre et je remis ma lettre. Il la lut, la relut, la retourna, me considéra en dessous, mit le papier dans sa poche et prononça :

– Eh bien ! qu'est-ce que vous désirez ?

Je répondis brusquement :

– Vous devez le savoir, puisque vous avez reçu là-dedans les ordres de votre maître ; je veux entrer dans ce château.

Il semblait atterré. Il déclara :

– Alors, vous allez dans... dans sa chambre ?

Je commençais à m'impatienter.

– Parbleu ! Mais est-ce que vous auriez l'intention de m'interroger, par hasard ?

Il balbutia :

– Non... monsieur... mais c'est que... c'est qu'elle n'a pas été ouverte depuis... depuis la... mort. Si vous voulez m'attendre cinq minutes, je vais aller... aller voir si...

Je l'interrompis avec colère :

– Ah ! çà, voyons, vous fichez-vous de moi ? Vous n'y pouvez pas entrer, puisque voici la clef.

Il ne savait plus que dire.

– Alors, monsieur, je vais vous montrer la route.

– Montrez-moi l'escalier et laissez-moi seul. Je la trouverai bien sans vous.

– Mais... monsieur... cependant...

Cette fois, je m'emportai tout à fait :

– Maintenant, taisez-vous, n'est-ce pas ? ou vous aurez affaire à moi.

Je l'écartai violemment et je pénétrai dans la maison.

Je traversai d'abord la cuisine, puis deux petites pièces que cet homme habitait avec sa femme. Je franchis ensuite un grand vestibule, je montai l'escalier et je reconnus la porte indiquée par mon ami.

Je l'ouvris sans peine et j'entrai.

L'appartement était tellement sombre que je n'y distinguai rien d'abord. Je m'arrêtai, saisi par cette odeur moisie et fade des pièces inhabitées et condamnées, des chambres mortes. Puis, peu à peu, mes yeux s'habituèrent à l'obscurité, et je vis assez nettement une grande pièce en désordre, avec un lit sans draps, mais gardant ses matelas et ses oreillers, dont l'un portait l'empreinte profonde d'un coude ou d'une tête comme si on venait de se poser dessus.

Les sièges semblaient en déroute. Je remarquai qu'une porte, celle d'une armoire sans doute, était demeurée entrouverte.

J'allai d'abord à la fenêtre pour donner du jour et je l'ouvris ; mais les ferrures du contrevent étaient tellement rouillées que je ne pus les faire céder.

J'essayai même de les casser avec mon sabre, sans y parvenir. Comme je m'irritais de ces efforts inutiles, et comme mes yeux s'étaient enfin parfaitement accoutumés à l'ombre, je renonçai à l'espoir d'y voir plus clair et j'allai au secrétaire.

Je m'assis dans un fauteuil, j'abattis la tablette, j'ouvris le tiroir indiqué. Il était plein jusqu'aux bords. Il ne me fallait que trois paquets, que je savais comment reconnaître, et je me mis à les chercher.

Je m'écarquillais les yeux à déchiffrer les suscriptions, quand je crus entendre ou plutôt sentir un frôlement derrière moi. Je n'y pris point garde, pensant qu'un courant d'air avait fait remuer quelque étoffe. Mais, au bout d'une minute, un autre mouvement, presque indistinct, me fit passer sur la peau un singulier petit frisson désagréable. C'était tellement bête d'être ému, même à peine, que je ne voulus pas me retourner, par pudeur pour moi-même. Je venais alors de découvrir la seconde des liasses qu'il me fallait ; et je trouvais justement la troisième, quand un grand et pénible soupir, poussé contre mon épaule, me fit faire un bond de fou à deux mètres de là. Dans mon élan je m'étais retourné, la main sur la poignée de mon sabre, et certes, si je ne l'avais pas senti à mon côté, je me serais enfui comme un lâche.

Une grande femme vêtue de blanc me regardait, debout derrière le fauteuil où j'étais assis une seconde plus tôt.

Une telle secousse me courut dans les membres que je faillis m'abattre à la renverse ! Oh ! personne ne peut comprendre, à moins de les avoir ressenties, ces épouvantables et stupides terreurs. L'âme se fond ; on ne sent plus son cœur ; le corps entier devient mou comme une éponge ; on dirait que tout l'intérieur de nous s'écroule.

Je ne crois pas aux fantômes ; eh bien ! j'ai défailli sous la hideuse peur des morts, et j'ai souffert, oh ! souffert en quelques instants plus qu'en tout le reste de ma vie, dans l'angoisse irrésistible des épouvantes surnaturelles.

Si elle n'avait pas parlé, je serais mort peut-être ! Mais elle parla ; elle parla d'une voix douce et douloureuse qui faisait vibrer les nerfs. Je n'oserais pas dire que je redevins maître de moi et que je retrouvai ma raison. Non. J'étais éperdu à ne plus savoir ce que je faisais ; mais cette espèce de fierté intime que j'ai en moi, un peu d'orgueil de métier aussi, me faisaient garder,

presque malgré moi, une contenance honorable.
Je posais pour moi, et pour elle sans doute, pour
elle, quelle qu'elle fût, femme ou spectre. Je me
suis rendu compte de tout cela plus tard, car je
vous assure que, dans l'instant de l'apparition, je
ne songeais à rien. J'avais peur.

Elle dit :

– Oh ! monsieur, vous pouvez me rendre un
grand service !

Je voulus répondre, mais il me fut impossible
de prononcer un mot. Un bruit vague sortit de
ma gorge.

Elle reprit :

– Voulez-vous ? Vous pouvez me sauver, me
guérir. Je souffre affreusement. Je souffre, oh ! je
souffre !

Et elle s'assit doucement dans mon fauteuil.
Elle me regardait :

– Voulez-vous ?

Je fis : "Oui !" de la tête, ayant encore la voix
paralysée.

Alors elle me tendit un peigne en écaille et elle
murmura :

– Peignez-moi, oh ! peignez-moi ; cela me gué-
rira ; il faut qu'on me peigne. Regardez ma tête…
Comme je souffre ; et mes cheveux comme ils me
font mal !

Ses cheveux dénoués, très longs, très noirs, me

semblait-il, pendaient par-dessus le dossier du fauteuil et touchaient la terre.

Pourquoi ai-je fait ceci ? Pourquoi ai-je reçu en frissonnant ce peigne, et pourquoi ai-je pris dans mes mains ses longs cheveux qui me donnèrent à la peau une sensation de froid atroce comme si j'eusse manié des serpents ? Je n'en sais rien.

Cette sensation m'est restée dans les doigts et je tressaille en y songeant.

Je la peignai. Je maniai je ne sais comment cette chevelure de glace. Je la tordis, je la renouai et la dénouai ; je la tressai comme on tresse la crinière d'un cheval. Elle soupirait, penchait la tête, semblait heureuse.

Soudain elle me dit : "Merci !" m'arracha le peigne des mains et s'enfuit par la porte que j'avais remarquée entrouverte.

Resté seul, j'eus, pendant quelques secondes, ce trouble effaré des réveils après les cauchemars. Puis je repris enfin mes sens ; je courus à la fenêtre et je brisai les contrevents d'une poussée furieuse.

Un flot de jour entra. Je m'élançai sur la porte par où cet être était parti. Je la trouvai fermée et inébranlable.

Alors une fièvre de fuite m'envahit, une panique, la vraie panique des batailles. Je saisis brusquement les trois paquets de lettres sur le secrétaire ouvert ; je traversai l'appartement en courant, je sautai les marches de l'escalier quatre par quatre, je me trouvai dehors je ne sais par où, et, apercevant mon cheval à dix pas de moi, je l'enfourchai d'un bond et partis au galop.

Je ne m'arrêtai qu'à Rouen, et devant mon logis. Ayant jeté la bride à mon ordonnance, je me sauvai dans ma chambre où je m'enfermai pour réfléchir.

Alors, pendant une heure, je me demandai anxieusement si je n'avais pas été le jouet d'une hallucination. Certes, j'avais eu un de ces incompréhensibles ébranlements nerveux, un de ces affolements du cerveau qui enfantent les miracles, à qui le Surnaturel doit sa puissance.

Et j'allais croire à une vision, à une erreur de mes sens, quand je m'approchai de ma fenêtre. Mes yeux, par hasard, descendirent sur ma poitrine. Mon dolman était plein de longs cheveux de femme qui s'étaient enroulés aux boutons !

Je les saisis un à un et je les jetai dehors avec des tremblements dans les doigts.

Puis j'appelai mon ordonnance. Je me sentais trop ému, trop troublé, pour aller le jour même chez mon ami. Et puis je voulais mûrement réfléchir à ce que je devais lui dire.

Je lui fis porter ses lettres, dont il remit un reçu au soldat. Il s'informa beaucoup de moi. On lui dit que j'étais souffrant, que j'avais reçu un coup de soleil, je ne sais quoi. Il parut inquiet.

Je me rendis chez lui le lendemain, dès l'aube, résolu à lui dire la vérité. Il était sorti la veille au soir et pas rentré.

Je revins dans la journée, on ne l'avait pas revu. J'attendis une semaine ! Il ne reparut pas. Alors je prévins la justice. On le fit rechercher partout, sans découvrir une trace de son passage ou de sa retraite.

Une visite minutieuse fut faite du château abandonné. On n'y découvrit rien de suspect.

Aucun indice ne révéla qu'une femme y eût été cachée.

L'enquête n'aboutissant à rien, les recherches furent interrompues.

Et, depuis cinquante-six ans, je n'ai rien appris. Je ne sais rien de plus. »

LA MAIN D'ÉCORCHÉ

Il y a huit mois environ, un de mes amis, Louis R..., avait réuni, un soir, quelques camarades de collège ; nous buvions du punch et nous fumions en causant littérature, peinture, et en racontant, de temps à autre, quelques joyeusetés, ainsi que cela se pratique dans les réunions de jeunes gens. Tout à coup la porte s'ouvre toute grande et un de mes bons amis d'enfance entre comme un ouragan.

– Devinez d'où je viens, s'écrie-t-il aussitôt.

– Je parie pour Mabille, répond l'un.

– Non, tu es trop gai, tu viens d'emprunter de l'argent, d'enterrer ton oncle, ou de mettre ta montre chez ma tante, reprend un autre.

– Tu viens de te griser, riposte un troisième, et comme tu as senti le punch chez Louis, tu es monté pour recommencer.

– Vous n'y êtes point, je viens de P... en Normandie, où j'ai été passer huit jours et d'où je

83

rapporte un grand criminel de mes amis que je vous demande la permission de vous présenter.

A ces mots, il tira de sa poche une main d'écorché ; cette main était affreuse, noire, sèche, très longue et comme crispée, les muscles, d'une force extraordinaire, étaient retenus à l'intérieur et à l'extérieur par une lanière de peau parcheminée, les ongles jaunes, étroits, étaient restés au bout des doigts ; tout cela sentait le scélérat d'une lieue.

– Figurez-vous, dit mon ami, qu'on vendait l'autre jour les défroques d'un vieux sorcier bien connu dans toute la contrée ; il allait au sabbat tous les samedis sur un manche à balai, pratiquait la magie blanche et noire, donnait aux vaches du lait bleu et leur faisait porter la queue comme celle du compagnon de saint Antoine. Toujours est-il que ce vieux gredin avait une grande affection pour cette main, qui, disait-il, était celle d'un célèbre criminel supplicié en 1736, pour avoir jeté, la tête la première, dans un puits sa femme légitime, ce quoi faisant je trouve qu'il n'avait pas tort, puis pendu au clocher de l'église le curé qui l'avait marié. Après ce double exploit, il était allé courir le monde et dans sa carrière aussi courte que bien remplie, il avait détroussé douze voyageurs, enfumé une vingtaine de moines dans leur couvent et fait un sérail d'un monastère de religieuses.

– Mais que vas-tu faire de cette horreur ? nous écriâmes-nous.

– Eh parbleu, j'en ferai mon bouton de sonnette pour effrayer mes créanciers.

– Mon ami, dit Henri Smith, un grand Anglais très flegmatique, je crois que cette main est tout simplement de la viande indienne conservée par le procédé nouveau, je te conseille d'en faire du bouillon.

– Ne raillez pas, messieurs, reprit avec le plus grand sang-froid un étudiant en médecine aux trois quarts gris, et toi, Pierre, si j'ai un conseil à te donner, fais enterrer chrétiennement ce débris humain, de crainte que son propriétaire ne vienne te le redemander ; et puis, elle a peut-être pris de mauvaises habitudes cette main, car tu sais le proverbe : « Qui a tué tuera. »

– Et qui a bu boira, reprit l'amphitryon.

Là-dessus il versa à l'étudiant un grand verre de punch, l'autre l'avala d'un seul trait et tomba ivre-mort sous la table. Cette sortie fut accueillie par des rires formidables, et Pierre élevant son verre et saluant la main :

– Je bois, dit-il, à la prochaine visite de ton maître.

Puis on parla d'autre chose et chacun rentra chez soi.

Le lendemain, comme je passais devant sa porte,

j'entrai chez lui, il était environ deux heures, je le trouvai lisant et fumant.

– Eh bien, comment vas-tu ? lui dis-je.

– Très bien, me répondit-il.

– Et ta main ?

– Ma main, tu as dû la voir à ma sonnette où je l'ai mise hier soir en rentrant, mais à ce propos figure-toi qu'un imbécile quelconque, sans doute pour me faire une mauvaise farce, est venu carillonner à ma porte vers minuit ; j'ai demandé qui était là, mais comme personne ne me répondait, je me suis recouché et rendormi.

En ce moment, on sonna, c'était le propriétaire, personnage grossier et fort impertinent. Il entra sans saluer.

– Monsieur, dit-il à mon ami, je vous prie d'enlever immédiatement la charogne que vous avez pendue à votre cordon de sonnette, sans quoi je me verrai forcé de vous donner congé.

– Monsieur, reprit Pierre avec beaucoup de gravité, vous insultez une main qui ne le mérite pas, sachez qu'elle a appartenu à un homme fort bien élevé.

Le propriétaire tourna les talons et sortit comme il était entré. Pierre le suivit, décrocha sa main et l'attacha à la sonnette pendue dans son alcôve.

– Cela vaut mieux, dit-il, cette main, comme le « Frère, il faut mourir » des Trappistes, me donnera des pensées sérieuses tous les soirs en m'endormant.

Au bout d'une heure je le quittai et je rentrai à mon domicile.

Je dormis mal la nuit suivante, j'étais agité, nerveux ; plusieurs fois je me réveillai en sursaut, un moment même je me figurai qu'un homme s'était introduit chez moi et je me levai pour regarder dans mes armoires et sous mon lit ; enfin, vers six heures du matin, comme je commençais à m'assoupir, un coup violent frappé à ma porte, me fit sauter du lit ; c'était le domestique de mon ami, à peine vêtu, pâle et tremblant.

– Ah monsieur ! s'écria-t-il en sanglotant, mon pauvre maître qu'on a assassiné.

Je m'habillai à la hâte et je courus chez Pierre. La maison était pleine de monde, on discutait, on s'agitait, c'était un mouvement incessant, chacun pérorait, racontait et commentait l'événement de toutes les façons. Je parvins à grand-peine jusqu'à la chambre, la porte était gardée, je me nommai, on me laissa entrer. Quatre agents de la police étaient debout au milieu, un carnet à la main, ils examinaient, se parlaient bas de temps en temps et écrivaient ; deux docteurs causaient près du lit sur lequel Pierre était étendu sans connaissance. Il n'était pas mort, mais il avait un aspect effrayant. Ses yeux démesurément ouverts, ses prunelles dilatées semblaient regarder fixement avec une indicible épouvante une chose horrible et inconnue, ses doigts étaient crispés, son corps, à partir du menton, était recouvert d'un drap que je soulevai. Il portait au cou les marques de cinq doigts qui s'étaient profondément enfoncés dans la chair, quelques gouttes de sang maculaient sa chemise. En ce moment une chose me frappa, je regardai par hasard la sonnette de son alcôve, la main d'écorché n'y était plus. Les médecins l'avaient sans doute enlevée pour ne point impressionner les personnes qui entreraient dans la chambre du blessé, car cette main était vraiment affreuse. Je ne m'informai point de ce qu'elle était devenue.

Je coupe maintenant, dans un journal du lendemain, le récit du crime avec tous les détails que la police a pu se procurer. Voici ce qu'on y lisait :

« Un attentat horrible a été commis hier sur la personne d'un jeune homme, M. Pierre B..., étudiant en droit, qui appartient à une des meilleures familles de Normandie. Ce jeune homme était rentré chez lui vers dix heures du soir, il renvoya son domestique, le sieur Bouvin, en lui disant qu'il était fatigué et qu'il allait se mettre au lit. Vers minuit, cet homme fut réveillé tout à coup par la sonnette de son maître qu'on agitait avec fureur. Il eut peur, alluma une lumière et attendit ; la sonnette se tut environ une minute, puis reprit avec une telle force que le domestique, éperdu de terreur, se précipita hors de sa chambre et alla réveiller le concierge, ce dernier courut avertir la police et, au bout d'un quart d'heure environ, deux agents enfonçaient la porte. Un spectacle horrible s'offrit à leurs yeux, les meubles étaient renversés, tout annonçait qu'une lutte terrible avait eu lieu entre la victime et le malfaiteur. Au milieu de la chambre, sur le dos, les membres raides, la face livide et les yeux effroyablement dilatés, le jeune Pierre B... gisait sans mouvement ; il portait au cou les empreintes profondes de cinq doigts. Le rapport du docteur Bourdeau, appelé immédiatement, dit que l'agresseur devait être doué d'une force prodigieuse et avoir une main extraordinairement maigre et nerveuse, car les doigts qui ont laissé dans le cou comme cinq trous de balle s'étaient presque rejoints à travers les chairs. Rien ne peut faire soupçonner le mobile du crime, ni quel peut en être l'auteur. La justice informe. »

On lisait le lendemain dans le même journal :

« M. Pierre B..., la victime de l'effroyable attentat que nous racontions hier, a repris connaissance après deux heures de soins assidus donnés par M. le docteur Bourdeau. Sa vie n'est pas en danger, mais on craint fortement pour sa raison ; on n'a aucune trace du coupable. »

En effet, mon pauvre ami était fou ; pendant sept mois, j'allai le voir tous les jours à l'hospice où nous l'avions placé, mais il ne recouvra pas une lueur de raison. Dans son délire, il lui échappait des paroles étranges et, comme tous les fous, il avait une idée fixe, il se croyait toujours poursuivi par un spectre. Un jour, on vint me chercher en toute hâte en me disant qu'il allait plus mal, je le trouvai à l'agonie. Pendant deux heures, il resta fort calme, puis tout à coup, se dressant sur son lit malgré nos efforts, il s'écria en agitant les bras et comme en proie à une épouvantable terreur :

– Prends-la ! prends-la ! Il m'étrangle, au secours, au secours !

Il fit deux fois le tour de la chambre en hurlant, puis il tomba mort, la face contre terre.

Comme il était orphelin, je fus chargé de conduire son corps au petit village de P... en Normandie, où ses parents étaient enterrés. C'est de ce même village qu'il venait, le soir où il nous avait trouvés buvant du punch chez Louis R... et où il nous avait présenté sa main d'écorché. Son corps fut enfermé dans un cercueil de plomb, et quatre jours après, je me promenais tristement avec le vieux curé qui lui avait donné ses premières leçons, dans le petit cimetière où l'on creusait sa tombe. Il faisait un temps magnifique, le ciel tout bleu ruisselait de lumière, les oiseaux chantaient dans les ronces du talus, où bien des fois, enfants tous deux, nous étions venus manger des mûres. Il me semblait encore le voir se faufiler le long de la haie et se glisser par le petit trou que je connaissais bien, là-bas, tout au bout du terrain où l'on enterre les pauvres, puis nous revenions à la maison, les joues et les lèvres noires du jus des fruits que nous avions mangés ; et je regardai les ronces, elles étaient couvertes de mûres ; machinalement j'en pris une, et je la portai à ma bouche ; le curé avait ouvert son bréviaire et marmottait tout bas ses *oremus*, et j'entendais au bout de l'allée la bêche des fossoyeurs qui creusaient la tombe. Tout à coup, ils nous appelèrent, le curé ferma son livre et nous allâmes voir ce qu'ils nous voulaient. Ils avaient trouvé un cercueil. D'un coup de pioche, ils firent sauter le couvercle et nous aperçûmes un squelette démesurément long, couché sur le dos, qui, de son œil creux, semblait encore nous regarder et nous défier ; j'éprouvai un malaise, je ne sais pourquoi j'eus presque peur.

– Tiens ! s'écria un des hommes, regardez donc, le gredin a un poignet coupé, voilà sa main.

Et il ramassa à côté du corps une grande main desséchée qu'il nous présenta.

LA NUIT CAUCHEMAR

J'aime la nuit avec passion. Je l'aime comme on aime son pays ou sa maîtresse, d'un amour instinctif, profond, invincible. Je l'aime avec tous mes sens, avec mes yeux qui la voient, avec mon odorat qui la respire, avec mes oreilles qui en écoutent le silence, avec toute ma chair que les ténèbres caressent. Les alouettes chantent dans le soleil, dans l'air bleu, dans l'air chaud, dans l'air léger des matinées claires. Le hibou fuit dans la nuit, tache noire qui passe à travers l'espace noir, et, réjoui, grisé par la noire immensité, il pousse son cri vibrant et sinistre.

Le jour me fatigue et m'ennuie. Il est brutal et bruyant. Je me lève avec peine, je m'habille avec lassitude, je sors avec regret, et chaque pas, chaque mouvement, chaque geste, chaque parole, chaque pensée me fatigue comme si je soulevais un écrasant fardeau.

Mais quand le soleil baisse, une joie confuse, une joie de tout mon corps m'envahit. Je m'éveille, je m'anime. A mesure que l'ombre grandit, je me sens tout autre, plus jeune, plus fort, plus alerte, plus heureux. Je la regarde s'épaissir, la grande ombre douce tombée du ciel : elle noie la ville, comme une onde insaisissable et impénétrable, elle cache, efface, détruit les couleurs, les formes, étreint les maisons, les êtres, les monuments de son imperceptible toucher.

Alors j'ai envie de crier de plaisir comme les chouettes, de courir sur les toits comme les chats ; et un impétueux, un invincible désir d'aimer s'allume dans mes veines.

Je vais, je marche, tantôt dans les faubourgs assombris, tantôt dans les bois voisins de Paris, où j'entends rôder mes sœurs les bêtes et mes frères les braconniers.

Ce qu'on aime avec violence finit toujours par vous tuer. Mais comment expliquer ce qui m'arrive ? Comment même faire comprendre que je puisse le raconter ? Je ne sais pas, je ne sais plus, je sais seulement que cela est. – Voilà.

Donc hier – était-ce hier ? – oui, sans doute, à moins que ce ne soit auparavant, un autre jour, un autre mois, une autre année, – je ne sais pas. Ce doit être hier pourtant, puisque le jour ne s'est plus levé, puisque le soleil n'a pas reparu.

Mais depuis quand la nuit dure-t-elle ? Depuis quand ?... Qui le dira ? qui le saura jamais ?

Donc, hier, je sortis comme je fais tous les soirs, après mon dîner. Il faisait très beau, très doux, très chaud. En descendant vers les boulevards, je regardais au-dessus de ma tête le fleuve noir et plein d'étoiles découpé dans le ciel par les toits de la rue qui tournait et faisait onduler comme une vraie rivière ce ruisseau roulant des astres.

Tout était clair dans l'air léger, depuis les planètes jusqu'aux becs de gaz. Tant de feux brillaient là-haut et dans la ville que les ténèbres en semblaient lumineuses. Les nuits luisantes sont plus joyeuses que les grands jours de soleil.

Sur le boulevard, les cafés flamboyaient ; on riait, on passait, on buvait. J'entrai au théâtre, quelques instants ; dans quel théâtre ? je ne sais plus. Il y faisait si clair que cela m'attrista et je ressortis le cœur un peu assombri par ce choc de lumière brutale sur les ors du balcon, par le scintillement factice du lustre énorme de cristal, par la barrière du feu de la rampe, par la mélancolie de cette clarté fausse et crue. Je gagnai les Champs-Élysées où les cafés-concerts semblaient des foyers d'incendie dans les feuillages. Les marronniers frottés de lumière jaune avaient l'air peints, un air d'arbres phosphorescents. Et les globes électriques, pareils à des lunes éclatantes et pâles, à des œufs de lune tombés du ciel, à des perles monstrueuses, vivantes, faisaient pâlir sous leur clarté nacrée, mystérieuse et royale les filets de gaz, de vilain gaz sale, et les guirlandes de verres de couleur.

Je m'arrêtai sous l'Arc de Triomphe pour regarder l'avenue, la longue et admirable avenue étoilée, allant vers Paris entre deux lignes de feux, et les astres! Les astres là-haut, les astres inconnus jetés au hasard dans l'immensité où ils dessinent ces figures bizarres, qui font tant rêver, qui font tant songer.

J'entrai dans le Bois de Boulogne et j'y restai longtemps, longtemps. Un frisson singulier m'avait saisi, une émotion imprévue et puissante, une exaltation de ma pensée qui touchait à la folie.

Je marchais longtemps, longtemps. Puis je revins.

Quelle heure était-il quand je repassai sous l'Arc de Triomphe? Je ne sais pas. La ville s'endormait, et des nuages, de gros nuages noirs s'étendaient lentement sur le ciel.

Pour la première fois je sentis qu'il allait arriver quelque chose d'étrange, de nouveau. Il me sembla qu'il faisait froid, que l'air s'épaississait, que la nuit, que ma nuit bien-aimée, devenait lourde sur mon cœur. L'avenue était déserte, maintenant. Seuls, deux sergents de ville se promenaient auprès de la station des fiacres, et, sur la chaussée à peine éclairée par les becs de gaz qui paraissaient mourants, une file de voitures de légumes allait aux Halles. Elles allaient lentement, chargées de carottes, de navets, et de choux. Les conducteurs dormaient, invisibles, les chevaux marchaient d'un pas égal, suivant la voiture précédente, sans bruit, sur le pavé de bois. Devant chaque lumière du trottoir, les carottes s'éclairaient en rouge, les navets s'éclairaient en blanc, les choux s'éclairaient en vert ; et elles passaient l'une derrière l'autre, ces voitures rouges, d'un rouge de feu, blanches d'un blanc d'argent, vertes d'un vert d'émeraude. Je les suivis, puis je tournai par la rue Royale et revins sur les boulevards. Plus personne, plus de cafés éclairés, quelques attardés seulement qui se hâtaient. Je n'avais jamais vu Paris aussi mort, aussi désert. Je tirai ma montre. Il était deux heures.

Une force me poussait, un besoin de marcher. J'allai donc jusqu'à la Bastille. Là, je m'aperçus que je n'avais jamais vu une nuit si sombre, car je ne distinguais pas même la colonne de Juillet, dont le génie d'or était perdu dans l'impénétrable obscurité. Une voûte de nuages, épaisse comme l'immensité, avait noyé les étoiles, et semblait s'abaisser sur la terre pour l'anéantir.

Je revins. Il n'y avait plus personne autour de

moi. Place du Château-d'Eau, pourtant, un ivrogne faillit me heurter, puis il disparut. J'entendis quelque temps son pas inégal et sonore. J'allais. A la hauteur du faubourg Montmartre un fiacre passa, descendant vers la Seine. Je l'appelai. Le cocher ne répondit pas. Une femme rôdait près de la rue Drouot :

– Monsieur, écoutez donc.

Je hâtai le pas pour éviter sa main tendue. Puis plus rien. Devant le Vaudeville, un chiffonnier fouillait le ruisseau. Sa petite lanterne flottait au ras du sol. Je lui demandai :

– Quelle heure est-il, mon brave ?

Il grogna :

– Est-ce que je sais ! J'ai pas de montre.

Alors je m'aperçus tout à coup que les becs de gaz étaient éteints. Je sais qu'on les supprime de bonne heure, avant le jour, en cette saison, par économie ; mais le jour était encore loin, si loin de paraître !

« Allons aux Halles, pensai-je, là au moins je trouverai la vie. »

Je me mis en route, mais je n'y voyais même pas pour me conduire. J'avançais lentement, comme on fait dans un bois, reconnaissant les rues en les comptant.

Devant le Crédit Lyonnais, un chien grogna. Je tournai par la rue de Grammont, je me perdis ;

j'errai, puis je reconnus la Bourse aux grilles de fer qui l'entourent. Paris entier dormait, d'un sommeil profond, effrayant. Au loin pourtant un fiacre roulait, un seul fiacre, celui peut-être qui avait passé devant moi tout à l'heure. Je cherchais à le joindre, allant vers le bruit de ses roues, à travers les rues solitaires et noires, noires, noires comme la mort.

Je me perdis encore. Où étais-je ? Quelle folie d'éteindre si tôt le gaz ! Pas un passant, pas un attardé, pas un rôdeur, pas un miaulement de chat amoureux. Rien.

Où donc étaient les sergents de ville ? Je me dis : « Je vais crier, ils viendront. » Je criai. Personne ne répondit.

J'appelai plus fort. Ma voix s'envola, sans écho, faible, étouffée, écrasée par la nuit, par cette nuit impénétrable.

Je hurlai :

– Au secours ! au secours ! au secours !

Mon appel désespéré resta sans réponse. Quelle heure était-il donc ? Je tirai ma montre, mais je n'avais point d'allumettes. J'écoutai le tic-tac léger de la petite mécanique avec une joie inconnue et bizarre. Elle semblait vivre. J'étais moins seul. Quel mystère ! Je me remis en marche comme un aveugle, en tâtant les murs de ma canne, et je levais à tout moment les yeux vers le ciel, espérant que le jour allait enfin paraître ; mais l'espace était noir, tout noir, plus profondément noir que la ville.

Quelle heure pouvait-il être ? Je marchais, me semblait-il, depuis un temps infini, car mes jambes fléchissaient sous moi, ma poitrine haletait, et je souffrais de la faim horriblement.

Je me décidai à sonner à la première porte cochère. Je tirai le bouton de cuivre, et le timbre tinta dans la maison sonore ; il tinta étrangement comme si ce bruit vibrant eût été seul dans cette maison.

J'attendis, on ne répondit pas, on n'ouvrit point la porte. Je sonnai de nouveau ; j'attendis encore, – rien !

J'eus peur ! Je courus à la demeure suivante, et vingt fois de suite je fis résonner la sonnerie dans le couloir obscur où devait dormir le concierge. Mais il ne s'éveilla pas, – et j'allai plus loin, tirant de toutes mes forces les anneaux ou les boutons, heurtant de mes pieds, de ma canne et de mes mains les portes obstinément closes.

Et tout à coup, je m'aperçus que j'arrivais aux Halles. Les Halles étaient désertes, sans un bruit, sans un mouvement, sans une voiture, sans un homme, sans une botte de légumes ou de fleurs. – Elles étaient vides, immobiles, abandonnées, mortes !

Une épouvante me saisit, – horrible. Que se passait-il ? Oh ! mon Dieu ! que se passait-il ?

Je repartis. Mais l'heure ? l'heure ? qui me dirait l'heure ? Aucune horloge ne sonnait dans les clochers ou dans les monuments. Je pensai : « Je vais ouvrir le verre de ma montre et tâter l'aiguille avec mes doigts. » Je tirai ma montre... elle ne battait plus... elle était arrêtée. Plus rien, plus rien, plus un frisson dans la ville, pas une lueur, pas un frôlement de son dans l'air. Rien ! plus rien ! plus même le roulement lointain du fiacre, – plus rien !

J'étais aux quais, et une fraîcheur glaciale montait de la rivière.

La Seine coulait-elle encore ?

Je voulus savoir, je trouvai l'escalier, je descendis... Je n'entendais pas le courant bouillonner sous les arches du pont... Des marches encore... puis du sable... de la vase... puis de l'eau... j'y trempai mon bras... elle coulait... elle coulait... froide... froide... froide... presque gelée... presque tarie... presque morte.

Et je sentais bien que je n'aurais plus jamais la force de remonter... et que j'allais mourir là... moi aussi, de faim – de fatigue – et de froid.

QUI SAIT ?

I

Mon Dieu ! Mon Dieu ! Je vais donc écrire enfin ce qui m'est arrivé ! Mais le pourrai-je ? l'oserai-je ? cela est si bizarre, si inexplicable, si incompréhensible, si fou !

Si je n'étais sûr de ce que j'ai vu, sûr qu'il n'y a eu, dans mes raisonnements aucune défaillance, aucune erreur dans mes constatations, pas de lacune dans la suite inflexible de mes observations, je me croirais un simple halluciné, le jouet d'une étrange vision. Après tout, qui sait ?

Je suis aujourd'hui dans une maison de santé ; mais j'y suis entré volontairement, par prudence, par peur ! Un seul être connaît mon histoire. Le médecin d'ici. Je vais l'écrire. Je ne sais trop pourquoi ? Pour m'en débarrasser, car je la sens en moi comme un intolérable cauchemar.

La voici :

J'ai toujours été un solitaire, un rêveur, une

sorte de philosophe isolé, bienveillant, content de peu, sans aigreur contre les hommes et sans rancune contre le ciel. J'ai vécu seul, sans cesse, par suite d'une sorte de gêne qu'insinue en moi la présence des autres. Comment expliquer cela ? Je ne le pourrais. Je ne refuse pas de voir le monde, de causer, de dîner avec des amis, mais lorsque je les sens depuis longtemps près de moi, même les plus familiers, ils me lassent, me fatiguent, m'énervent, et j'éprouve une envie grandissante, harcelante, de les voir partir ou de m'en aller, d'être seul.

Cette envie est plus qu'un besoin, c'est une nécessité irrésistible. Et si la présence des gens avec qui je me trouve continuait, si je devais, non pas écouter, mais entendre longtemps encore leurs conversations, il m'arriverait, sans aucun doute, un accident. Lequel ? Ah ! qui sait ? Peut-être une simple syncope ? oui ! probablement !

J'aime tant être seul que je ne puis même supporter le voisinage d'autres êtres dormant sous mon toit ; je ne puis habiter Paris parce que j'y agonise indéfiniment. Je meurs moralement, et suis aussi supplicié dans mon corps et dans mes nerfs par cette immense foule qui grouille, qui vit autour de moi, même quand elle dort. Ah ! le sommeil des autres m'est plus pénible encore que leur parole. Et je ne peux jamais me reposer, quand je sais, quand je sens, derrière un mur, des existences interrompues par ces régulières éclipses de la raison.

Pourquoi suis-je ainsi? Qui sait? La cause en est peut-être fort simple : je me fatigue très vite de tout ce qui ne se passe pas en moi. Et il y a beaucoup de gens dans mon cas.

Nous sommes deux races sur la terre. Ceux qui ont besoin des autres, que les autres distraient, occupent, reposent, et que la solitude harasse, épuise, anéantit, comme l'ascension d'un terrible glacier ou la traversée du désert, et ceux que les autres, au contraire, lassent, ennuient, gênent, courbaturent, tandis que l'isolement les calme, les baigne de repos dans l'indépendance et la fantaisie de leur pensée.

En somme, il y a là un normal phénomène psychique. Les uns sont doués pour vivre en dehors, les autres pour vivre en dedans. Moi, j'ai l'attention extérieure courte et vite épuisée, et, dès qu'elle arrive à ses limites, j'en éprouve, dans tout mon corps et dans toute mon intelligence, un intolérable malaise.

Il en est résulté que je m'attache, que je m'étais attaché beaucoup aux objets inanimés qui prennent, pour moi, une importance d'êtres, et que ma maison est devenue, était devenue, un monde où je vivais d'une vie solitaire et active, au milieu de

choses, de meubles, de bibelots familiers, sympa-
thiques à mes yeux comme des visages. Je l'en
avais emplie peu à peu, je l'en avais parée, et je me
sentais dedans, content, satisfait, bien heureux
comme entre les bras d'une femme aimable dont
la caresse accoutumée est devenue un calme et
doux besoin.

J'avais fait construire cette maison dans un beau
jardin qui l'isolait des routes, et à la porte d'une
ville où je pouvais trouver, à l'occasion, les res-
sources de société dont je sentais, par moments, le
désir. Tous mes domestiques couchaient dans un
bâtiment éloigné, au fond du potager, qu'entourait
un grand mur. L'enveloppement obscur des nuits,
dans le silence de ma demeure perdue, cachée,
noyée sous les feuilles des grands arbres, m'était si
reposant et si bon, que j'hésitais chaque soir, pendant plusieurs heures, à me mettre au lit pour le
savourer plus longtemps.

Ce jour-là, on avait joué *Sigurd* au théâtre de la
ville. C'était la première fois que j'entendais ce
beau drame musical et féerique, et j'y avais pris
un vif plaisir.

Je revenais à pied, d'un pas allègre, la tête
pleine de phrases sonores, et le regard hanté par
de jolies visions. Il faisait noir, noir, mais noir au
point que je distinguais à peine la grande route,
et que je faillis, plusieurs fois, culbuter dans le

fossé. De l'octroi chez moi, il y a un kilomètre environ, peut-être un peu plus, soit vingt minutes de marche lente. Il était une heure du matin, une heure ou une heure et demie ; le ciel s'éclaircit un peu devant moi et le croissant parut, le triste croissant du dernier quartier de la lune. Le croissant du premier quartier, celui qui se lève à quatre ou cinq heures du soir, est clair, gai, frotté d'argent, mais celui qui se lève après minuit est rougeâtre, morne, inquiétant ; c'est le vrai croissant du Sabbat. Tous les noctambules ont dû faire cette remarque. Le premier, fût-il mince comme un fil, jette une petite lumière joyeuse qui réjouit le cœur, et dessine sur la terre des ombres nettes ; le dernier répand à peine une lueur mourante, si terne qu'elle ne fait presque pas d'ombres.

J'aperçus au loin la masse sombre de mon jardin, et je ne sais d'où me vint une sorte de malaise à l'idée d'entrer là-dedans. Je ralentis le pas. Il faisait très doux. Le gros tas d'arbres avait l'air d'un tombeau où ma maison était ensevelie.

J'ouvris ma barrière et je pénétrai dans la longue allée de sycomores, qui s'en allait vers le logis, arquée en voûte comme un haut tunnel, traversant des massifs opaques et contournant des gazons où les corbeilles de fleurs plaquaient, sous les ténèbres pâlies, des taches ovales aux nuances indistinctes.

En approchant de la maison, un trouble bizarre me saisit. Je m'arrêtai. On n'entendait rien. Il n'y avait pas dans les feuilles un souffle d'air. « Qu'est-ce que j'ai donc? » pensai-je. Depuis dix ans je rentrais ainsi sans que jamais la moindre inquiétude m'eût effleuré. Je n'avais pas peur. Je n'ai jamais eu peur, la nuit. La vue d'un homme, d'un maraudeur, d'un voleur m'aurait jeté une rage dans le corps, et j'aurais sauté dessus sans hésiter. J'étais armé, d'ailleurs. J'avais mon revolver. Mais je n'y touchai point, car je voulais résister à cette influence de crainte qui germait en moi.

Qu'était-ce? Un pressentiment? Le pressentiment mystérieux qui s'empare des sens des hommes quand ils vont voir de l'inexplicable? Peut-être? Qui sait?

A mesure que j'avançais, j'avais dans la peau des tressaillements, et quand je fus devant le mur, aux auvents clos, de ma vaste demeure, je sentis qu'il me faudrait attendre quelques minutes avant d'ouvrir la porte et d'entrer dedans. Alors, je m'assis sur un banc, sous les fenêtres de mon salon. Je restai là, un peu vibrant, la tête appuyée contre la muraille, les yeux ouverts sur l'ombre des feuillages. Pendant ces premiers instants, je ne remarquai rien d'insolite autour de moi. J'avais dans les oreilles quelques ronflements;

mais cela m'arrive souvent. Il me semble parfois que j'entends passer des trains, que j'entends sonner des cloches, que j'entends marcher une foule.

Puis bientôt ces ronflements devinrent plus distincts, plus précis, plus reconnaissables. Je m'étais trompé. Ce n'était pas le bourdonnement ordinaire de mes artères qui mettait dans mes oreilles ces rumeurs, mais un bruit très particulier, très confus cependant, qui venait, à n'en point douter, de l'intérieur de ma maison.

Je le distinguais à travers le mur, ce bruit continu, plutôt une agitation qu'un bruit, un remuement vague d'un tas de choses, comme si on eût secoué, déplacé, traîné doucement tous mes meubles.

Oh! je doutai, pendant un temps assez long encore, de la sûreté de mon oreille. Mais l'ayant collée contre un auvent pour mieux percevoir ce trouble étrange de mon logis, je demeurai convaincu, certain, qu'il se passait chez moi quelque chose d'anormal et d'incompréhensible. Je n'avais pas peur, mais j'étais... comment exprimer cela... effaré d'étonnement. Je n'armai pas mon revolver – devinant fort bien que je n'en avais nul besoin. J'attendis.

J'attendis longtemps, ne pouvant me décider à rien, l'esprit lucide, mais follement anxieux.

J'attendis, debout, écoutant toujours le bruit qui grandissait, qui prenait, par moments, une intensité violente, qui semblait devenir un grondement d'impatience, de colère, d'émeute mystérieuse.

Puis soudain, honteux de ma lâcheté, je saisis mon trousseau de clefs, je choisis celle qu'il me fallait, je l'enfonçai dans la serrure, je la fis tourner deux fois, et poussant la porte de toute ma force, j'envoyai le battant heurter la cloison.

Le coup sonna comme une détonation de fusil, et voilà qu'à ce bruit d'explosion répondit, du haut en bas de ma demeure, un formidable tumulte. Ce fut si subit, si terrible, si assourdissant que je reculai de quelques pas, et que, bien que le sentant toujours inutile, je tirai de sa gaine mon revolver.

J'attendis encore, oh! peu de temps. Je distinguais, à présent, un extraordinaire piétinement sur les marches de mon escalier, sur les parquets, sur les tapis, un piétinement, non pas de chaussures, de souliers humains, mais de béquilles, de béquilles de bois et de béquilles de fer qui vibraient comme des cymbales. Et voilà que j'aperçus tout à coup, sur le seuil de ma porte, un fauteuil, mon grand fauteuil de lecture, qui sortait en se dandinant. Il s'en alla par le jardin. D'autres le suivaient, ceux de mon salon, puis les

110

canapés bas et se traînant comme des crocodiles sur leurs courtes pattes, puis toutes mes chaises, avec des bonds de chèvres, et les petits tabourets qui trottaient comme des lapins.

Oh ! quelle émotion ! Je me glissai dans un massif où je demeurai accroupi, contemplant toujours ce défilé de mes meubles, car ils s'en allaient tous, l'un derrière l'autre, vite ou lentement, selon leur taille et leur poids. Mon piano, mon grand piano à queue, passa avec un galop de cheval emporté et un murmure de musique dans le flanc, les moindres objets glissaient sur le sable comme des fourmis, les brosses, les cristaux, les coupes, où le clair de lune accrochait des phosphorescences de vers luisants. Les étoffes rampaient, s'étalaient en flaques à la façon des pieuvres de la mer. Je vis paraître mon bureau, un rare bibelot du dernier siècle, et qui contenait toutes les lettres que j'ai reçues, toute l'histoire de mon cœur, une vieille histoire dont j'ai tant souffert ! Et dedans étaient aussi des photographies.

Soudain, je n'eus plus peur, je m'élançai sur lui et je le saisis comme on saisit un voleur, comme on saisit une femme qui fuit ; mais il allait d'une course irrésistible, et malgré mes efforts, et malgré ma colère, je ne pus même ralentir sa marche. Comme je résistais en désespéré à cette force épouvantable, je m'abattis par terre en luttant contre lui. Alors, il me roula, me traîna sur le sable, et déjà les meubles, qui le suivaient, commençaient à marcher sur moi, piétinant mes jambes et les meurtrissant; puis, quand je l'eus lâché, les autres passèrent sur mon corps ainsi qu'une charge de cavalerie sur un soldat démonté.

Fou d'épouvante enfin, je pus me traîner hors de la grande allée et me cacher de nouveau dans les arbres, pour regarder disparaître les plus infimes objets, les plus petits, les plus modestes, les plus ignorés de moi, qui m'avaient appartenu.

Puis j'entendis, au loin, dans mon logis sonore à présent comme les maisons vides, un formidable bruit de portes refermées. Elles claquèrent du haut en bas de la demeure, jusqu'à ce que celle du vestibule que j'avais ouverte moi-même, insensé, pour ce départ, se fût close, enfin, la dernière.

Je m'enfuis aussi, courant vers la ville, et je ne repris mon sang-froid que dans les rues, en rencontrant des gens attardés. J'allai sonner à la porte d'un hôtel où j'étais connu. J'avais battu, avec mes mains, mes vêtements, pour en détacher la poussière, et je racontai que j'avais perdu mon trousseau de clefs, qui contenait aussi celle du potager, où couchaient mes domestiques en une maison isolée, derrière le mur de clôture qui préservait mes fruits et mes légumes de la visite des maraudeurs.

Je m'enfonçai jusqu'aux yeux dans le lit qu'on me donna. Mais je ne pus dormir, et j'attendis le jour en écoutant bondir mon cœur. J'avais ordonné qu'on prévînt mes gens dès l'aurore, et mon valet de chambre heurta ma porte à sept heures du matin.

Son visage semblait bouleversé.

– Il est arrivé cette nuit un grand malheur, monsieur, dit-il.

– Quoi donc?

– On a volé tout le mobilier de monsieur, tout, tout, jusqu'aux plus petits objets.

Cette nouvelle me fit plaisir. Pourquoi? qui sait? J'étais fort maître de moi, sûr de dissimuler, de ne rien dire à personne de ce que j'avais vu, de le cacher, de l'enterrer dans ma conscience comme un effroyable secret. Je répondis :

– Alors, ce sont les mêmes personnes qui m'ont volé mes clefs. Il faut prévenir tout de suite la police. Je me lève et je vous y rejoindrai dans quelques instants.

L'enquête dura cinq mois. On ne découvrit rien, on ne trouva ni le plus petit de mes bibelots, ni la plus légère trace des voleurs. Parbleu! Si j'avais dit ce que je savais… Si je l'avais dit… on m'aurait enfermé, moi, pas les voleurs, mais l'homme qui avait pu voir une pareille chose.

Oh! je sus me taire. Mais je ne remeublai pas

ma maison. C'était bien inutile. Cela aurait recommencé toujours. Je n'y voulais plus rentrer. Je n'y rentrai pas. Je ne la revis point.

Je vins à Paris, à l'hôtel, et je consultai des médecins sur mon état nerveux qui m'inquiétait beaucoup depuis cette nuit déplorable.

Ils m'engagèrent à voyager. Je suivis leur conseil.

II

Je commençai par une excursion en Italie. Le soleil me fit du bien. Pendant six mois, j'errai de Gênes à Venise, de Venise à Florence, de Florence à Rome, de Rome à Naples. Puis je parcourus la Sicile, terre admirable par sa nature et ses monuments, reliques laissées par les Grecs et les Normands. Je passai en Afrique, je traversai pacifiquement ce grand désert jaune et calme, où errent des chameaux, des gazelles et des Arabes vagabonds, où, dans l'air léger et transparent, ne flotte aucune hantise, pas plus la nuit que le jour.

Je rentrai en France par Marseille, et malgré la gaieté provençale, la lumière diminuée du ciel m'attrista. Je ressentis, en revenant sur le continent, l'étrange impression d'un malade qui se croit guéri et qu'une douleur sourde prévient que le foyer du mal n'est pas éteint.

Puis je revins à Paris. Au bout d'un mois, je m'y ennuyai. C'était à l'automne, et je voulus faire, avant l'hiver, une excursion à travers la Normandie, que je ne connaissais pas.

Je commençai par Rouen, bien entendu, et pendant huit jours, j'errai distrait, ravi, enthousiasmé dans cette ville du Moyen Age, dans ce surprenant musée d'extraordinaires monuments gothiques.

Or, un soir, vers quatre heures, comme je m'engageais dans une rue invraisemblable où coule une rivière noire comme de l'encre nommée « Eau de Robec », mon attention, toute fixée sur la physionomie bizarre et antique des maisons, fut détournée tout à coup par la vue d'une série de boutiques de brocanteurs qui se suivaient de porte en porte.

Ah! ils avaient bien choisi leur endroit, ces sordides trafiquants de vieilleries, dans cette fantastique ruelle, au-dessus de ce cours d'eau sinistre, sous ces toits pointus de tuiles et d'ardoises où grinçaient encore les girouettes du passé!

Au fond des noirs magasins, on voyait s'entasser les bahuts sculptés, les faïences de Rouen, de Nevers, de Moustiers, des statues peintes, d'autres en chêne, des Christ, des vierges, des saints, des ornements d'église, des chasubles, des chapes, même des vases sacrés et un vieux tabernacle en bois doré d'où Dieu avait déménagé. Oh! les singulières cavernes en ces hautes maisons, en ces grandes maisons, pleines, des caves aux greniers, d'objets de toute nature, dont l'existence semblait finie, qui survivaient à leurs naturels possesseurs, à leur siècle, à leur temps, à leurs modes, pour être achetés, comme curiosités, par les nouvelles générations.

Ma tendresse pour les bibelots se réveillait dans cette cité d'antiquaires. J'allais de boutique en boutique, traversant, en deux enjambées, les ponts de quatre planches pourries jetées sur le courant nauséabond de l'Eau de Robec.

Miséricorde! Quelle secousse! Une de mes plus belles armoires m'apparut au bord d'une voûte encombrée d'objets et qui semblait l'entrée des catacombes d'un cimetière de meubles anciens. Je m'approchai tremblant de tous mes membres, tremblant tellement que je n'osais pas la toucher. J'avançais la main, j'hésitais. C'était bien elle, pourtant : une armoire Louis XIII unique, reconnaissable par quiconque avait pu la voir une seule fois. Jetant soudain les yeux un peu plus loin, vers les profondeurs plus sombres de cette galerie, j'aperçus trois de mes fauteuils couverts de tapisserie au petit point, puis, plus loin encore, mes deux tables Henri II, si rares qu'on venait les voir de Paris.

Songez! songez à l'état de mon âme!

Et j'avançai, perclus, agonisant d'émotion, mais j'avançai, car je suis brave, j'avançai comme un chevalier des époques ténébreuses pénétrait en un séjour de sortilèges. Je retrouvais, de pas en pas, tout ce qui m'avait appartenu, mes lustres, mes livres, mes tableaux, mes étoffes, mes armes, tout, sauf le bureau plein de mes lettres, et que je n'aperçus point.

J'allais, descendant à des galeries obscures pour remonter ensuite aux étages supérieurs. J'étais seul. J'appelais, on ne répondait point. J'étais seul; il n'y avait personne en cette maison vaste et tortueuse comme un labyrinthe.

La nuit vint, et je dus m'asseoir, dans les ténèbres, sur une de mes chaises, car je ne voulais point m'en aller. De temps en temps je criais:

– Holà, holà! quelqu'un!

J'étais là, certes, depuis plus d'une heure quand j'entendis des pas, des pas légers, lents, je ne sais où.

Je faillis me sauver; mais me raidissant, j'appelai de nouveau, et j'aperçus une lueur dans la chambre voisine.

– Qui est là? dit une voix.

Je répondis :

– Un acheteur.

On répliqua :

– Il est bien tard pour entrer ainsi dans les boutiques.

Je repris :

– Je vous attends depuis plus d'une heure.

– Vous pouviez revenir demain.

– Demain, j'aurai quitté Rouen.

Je n'osais point avancer, et il ne venait pas. Je voyais toujours la lueur de sa lumière éclairant une tapisserie où deux anges volaient au-dessus des morts d'un champ de bataille. Elle m'appartenait aussi. Je dis :

– Eh bien ! Venez-vous ?

Il répondit :

– Je vous attends.

Je me levai et j'allai vers lui.

Au milieu d'une grande pièce était un tout petit homme, tout petit et très gros, gros comme un phénomène, un hideux phénomène.

Il avait une barbe rare, aux poils inégaux, clair-semés et jaunâtres, et pas un cheveu sur la tête ! Pas un cheveu ? Comme il tenait sa bougie élevée à bout de bras pour m'apercevoir, son crâne m'apparut comme une petite lune dans cette vaste chambre encombrée de vieux meubles. La figure était ridée et bouffie, les yeux imperceptibles.

Je marchandai trois chaises qui étaient à moi, et les payai sur-le-champ une grosse somme, en donnant simplement le numéro de mon appartement à l'hôtel. Elles devaient être livrées le lendemain avant neuf heures.

Puis je sortis. Il me reconduisit jusqu'à sa porte avec beaucoup de politesse.

Je me rendis ensuite chez le commissaire central de la police à qui je racontai le vol de mon mobilier et la découverte que je venais de faire.

Il demanda séance tenante des renseignements par télégraphe au parquet qui avait instruit l'affaire de ce vol, en me priant d'attendre la réponse. Une heure plus tard, elle lui parvint tout à fait satisfaisante pour moi.

– Je vais faire arrêter cet homme et l'interroger tout de suite, me dit-il, car il pourrait avoir conçu quelque soupçon et faire disparaître ce qui vous appartient. Voulez-vous aller dîner et revenir dans deux heures, je l'aurai ici et je lui ferai subir un nouvel interrogatoire devant vous.

– Très volontiers, monsieur. Je vous remercie de tout mon cœur.

J'allai dîner à mon hôtel, et je mangeai mieux que je n'aurais cru. J'étais assez content tout de même. On le tenait.

Deux heures plus tard, je retournai chez le fonctionnaire de la police qui m'attendait.

– Eh bien! monsieur, me dit-il en m'apercevant.
On n'a pas trouvé votre homme. Mes agents n'ont
pu mettre la main dessus.

Ah! Je me sentis défaillir.

– Mais… Vous avez bien trouvé sa maison?
demandai-je.

– Parfaitement. Elle va même être surveillée et
gardée jusqu'à son retour. Quant à lui, disparu.

– Disparu?

– Disparu. Il passe ordinairement ses soirées
chez sa voisine, une brocanteuse aussi, une drôle
de sorcière, la veuve Bidoin. Elle ne l'a pas vu ce
soir et ne peut donner sur lui aucun renseigne-
ment. Il faut attendre demain.

Je m'en allai. Ah! que les rues de Rouen me
semblèrent sinistres, troublantes, hantées.

Je dormis si mal, avec des cauchemars à chaque
bout de sommeil.

Comme je ne voulais pas paraître trop inquiet
ou pressé, j'attendis dix heures, le lendemain,
pour me rendre à la police.

Le marchand n'avait pas reparu. Son magasin
demeurait fermé.

Le commissaire me dit:

– J'ai fait toutes les démarches nécessaires. Le
parquet est au courant de la chose; nous allons
aller ensemble à cette boutique et la faire ouvrir,
vous m'indiquerez tout ce qui est à vous.

Un coupé nous emporta. Des agents stationnaient, avec un serrurier, devant la porte de la boutique, qui fut ouverte.

Je n'aperçus, en entrant, ni mon armoire, ni mes fauteuils, ni mes tables, ni rien, rien, de ce qui avait meublé ma maison, mais rien, alors que la veille au soir je ne pouvais faire un pas sans rencontrer un de mes objets.

Le commissaire central, surpris, me regarda d'abord avec méfiance.

– Mon Dieu, monsieur, lui dis-je, la disparition de ces meubles coïncide étrangement avec celle du marchand.

Il sourit :

– C'est vrai ! Vous avez eu tort d'acheter et de payer des bibelots à vous, hier. Cela lui a donné l'éveil.

Je repris :

– Ce qui me paraît incompréhensible, c'est que toutes les places occupées par mes meubles sont maintenant remplies par d'autres.

– Oh ! répondit le commissaire, il a eu toute la nuit, et des complices sans doute. Cette maison doit communiquer avec les voisines. Ne craignez rien, monsieur, je vais m'occuper très activement de cette affaire. Le brigand ne nous échappera pas longtemps puisque nous gardons la tanière.

Ah! mon cœur, mon cœur, mon pauvre cœur, comme il battait!

Je demeurai quinze jours à Rouen. L'homme ne revint pas. Parbleu! parbleu! Cet homme-là qui est-ce qui aurait pu l'embarrasser ou le surprendre?

Or, le seizième jour, au matin, je reçus de mon jardinier, gardien de ma maison pillée et demeurée vide, l'étrange lettre que voici:

« Monsieur,

J'ai l'honneur d'informer monsieur qu'il s'est passé, la nuit dernière, quelque chose que personne ne comprend, et la police pas plus que nous. Tous les meubles sont revenus, tous sans exception, tous, jusqu'aux plus petits objets. La maison est maintenant toute pareille à ce qu'elle était la veille du vol. C'est à en perdre la tête. Cela s'est fait dans la nuit de vendredi à samedi. Les chemins sont défoncés comme si on avait traîné tout de la barrière à la porte. Il en était ainsi le jour de la disparition.

Nous attendons monsieur, dont je suis le très humble serviteur.

RAUDIN, PHILIPPE. »

Ah! mais non, ah! mais non, ah! mais non. Je n'y retournerai pas!

Je portai la lettre au commissaire de Rouen.

– C'est une restitution très adroite, dit-il. Faisons les morts. Nous pincerons l'homme un de ces jours.

Mais on ne l'a pas pincé. Non. Ils ne l'ont pas pincé, et j'ai peur de lui, maintenant, comme si c'était une bête féroce lâchée derrière moi.

Introuvable ! il est introuvable, ce monstre à crâne de lune ! On ne le prendra jamais. Il ne reviendra point chez lui. Que lui importe à lui. Il n'y a que moi qui peux le rencontrer, et je ne veux pas.

Je ne veux pas ! je ne veux pas ! je ne veux pas !

Et s'il revient, s'il rentre dans sa boutique, qui pourra prouver que mes meubles étaient chez lui ? Il n'y a contre lui que mon témoignage ; et je sens bien qu'il devient suspect.

Ah ! mais non ! cette existence n'était plus possible. Et je ne pouvais pas garder le secret de ce que j'ai vu. Je ne pouvais pas continuer à vivre comme tout le monde avec la crainte que des choses pareilles recommençassent.

Je suis venu trouver le médecin qui dirige cette maison de santé, et je lui ai tout raconté.

Après m'avoir interrogé longtemps, il m'a dit :

– Consentiriez-vous, monsieur, à rester quelque temps ici ?

– Très volontiers, monsieur.

– Vous avez de la fortune ?

– Oui, monsieur.

– Voulez-vous un pavillon isolé ?

– Oui, monsieur.

– Voudrez-vous recevoir des amis ?

– Non, monsieur, non, personne. L'homme de Rouen pourrait oser, par vengeance, me poursuivre ici.

Et je suis seul, seul, tout seul, depuis trois mois. Je suis tranquille à peu près. Je n'ai qu'une peur… Si l'antiquaire devenait fou… et si on l'amenait en cet asile… Les prisons elles-mêmes ne sont pas sûres.

TABLE DES MATIÈRES

GUY DE MAUPASSANT
L'AUTEUR

Né en 1850, descendant par son père d'une famille aristocratique, Maupassant est normand par sa mère. Ses parents se séparent très vite ; Guy et son frère sont élevés par leur mère à Étretat. Amie de Flaubert, elle va transmettre sa passion des lettres à son fils. Elle lui révèle Shakespeare mais le laisse libre dans ses lectures et dans sa découverte du pays normand. Il aperçoit le peintre Corot et rencontre Manet. A seize ans, renvoyé de l'internat d'Yvetot pour avoir écrit des vers raillant ses maîtres, il entre au lycée de Rouen où il passe son baccalauréat. Après la guerre de 1870, il est employé ministériel. Flaubert le guide en écriture et l'introduit dans la société littéraire. Il rencontre Daudet, Huysmans, Zola, Tourgueniev et écrit pour divers journaux. Après la poésie et le théâtre, il s'oriente vers la nouvelle, collaborant au recueil *Les Soirées de Médan* avec *Boule-de-Suif*. A partir de 1880, il publie entre trois et cinq volumes par an : *Une vie, La Maison Tellier, La Petite Roque*... Mais ses premiers malaises nerveux apparaissent vers 1885. Maupassant est victime d'hallucinations. Il crée alors des œuvres fantastiques dont la plus poignante est *Le Horla* avec *Lui, Qui sait? La Chevelure*... Ayant sombré dans la folie, il est interné dans la clinique du docteur Blanche à Paris, où il meurt en 1893.

Mise en pages : Aubin Leray

Loi n°49-956 du 16 juillet 1949
sur les publications destinées à la jeunesse
ISBN 978-2-07-062608-3
Numéro d'édition : 167632
Dépôt légal : juin 2009
Imprimé en Espagne
par Novoprint (Barcelone)